了不起的盖茨比

[美] F.S. 菲茨杰拉德——著 黄强——译

THE GREAT
GATSBY

民主与建设出版社
·北京·

CONTENTS

目 录

Chapter 1

第一章···3

Chapter 2

第二章··29

Chapter 3

第三章··49

Chapter 4

第四章··75

Chapter 5

第五章··99

Chapter 6

第六章···119

Chapter 7

第七章···137

Chapter 8

第八章···177

Chapter 9

第九章···197

译后记···219

再次献给泽尔达[①]

[①] 泽尔达·菲茨杰拉德(1900—1948),美国小说家、画家、社交名媛,也是本书作者的妻子,两人于1920年结婚。

那就戴起金色的帽子吧,如果那将感动她的话;
如果你能高高跃起,那就为她跳跃吧,
直到她大喊:"爱人啊,
戴着金色帽子、高高跃起的爱人啊,
我一定要得到你!"

> 托马斯·帕克·丹维里埃

Chapter 1
第一章

当我还少不更事时，我的父亲曾给过我一些忠告。从那以后，我就不断地思考着他的那些话。

"无论何时，当你想要批评别人，"他告诉我道，"务必记得，并非世上的所有人都具备你所享有的优越条件。"

其他的话，他并未多说。我们之间的交流也一向如此，惜言如金，但我知道，他话中的言外之意颇为丰富。因此，我也逐渐倾向于保留自己的想法，不轻易做出是非判断。正是由于这个习惯，许多好事之人都将我视作他们探索的目标，而我也没少遭受一些老牌讨厌鬼的骚扰。当这一特点出现在正常人身上时，它就会被不正常者迅速觉察，纠缠不放。这也难怪我在读大学时被人不公正地指责为政客，就因为我知晓一些不知名的狂放之人心中隐匿的悲伤事。我也意外收获了他们中许多人的信任——出于一些确凿的迹象，每当我意识到一件私密之事行将出现时，我便常常假装睡着、发呆出神或摆出一副带有敌意的轻佻之态，只因那些年轻人透露的秘密，至少他们在描述那些秘密时使用的话语言辞，多是道听途说，人云亦云，也明显有所隐瞒回避。保留自己的想法意味着无限的希望。父亲曾经带有优越感地对我暗示过，一个人的体面在出生时基本就已决定，而我也带有优越感地重复过这句话，可我依旧有丝丝恐惧，害怕一旦我忘记父亲的话，我便会失去一些东西。

当我吹嘘完自己的宽容大度之后，我还是得承认，我的宽容是有限度的。一个人的举止可以建立在坚硬的磐石之上，也可以建立在潮湿的沼泽之中，但在某个节点后，我便不再关心它到底建立在何物之上了。去年秋天，当我从东部回来后，我感到这个世界应该身穿制服，在某种道德的层面上，立正站定。我不再想纵情肆意地去享受那份窥探人们内心世界的特权。但在我的这一想法中，只有一个例外，那就是盖茨比，那个为这本书赋予名字的人，那个代表了我心中所有真切鄙夷的人。如果人格是一系列永恒的成功特质，那么他的成功就显得光彩夺目，高度敏锐地感知着人生的前景，就像一台复杂精密的仪器，记录着万里开外的地震波动。这般敏锐的反应与无力的易感性无关。前者是一种感受希望的非凡天赋，富有浪漫色彩地做好了万全的准备，我还从未在其他任何人身上感受过这样的状态，也许将来也不会再次遇见。而后者只在"创造性气质"的名义下显得尊贵。不——盖茨比最终证明了自己并无问题。我暂时不再关心被人类摒弃的悲伤和被人类短暂享有的欢乐，其原因正是伤害盖茨比的元凶，也是在他梦醒时分飘浮在其周身的污浊尘埃。

我的家族名声卓越，家境优渥，在这个中西部城市中已经屹立三代。卡拉威家族算得上一个世家大族，根据家里延续下来的说法，我们是伯克卢公爵①的后代。但我家这一支的创始人则是我祖父的哥哥。他五十一岁时来到这座城市，找了个人替他参加内战，自己则做起了五金制品的批发生意，后来我的父亲子承父业，直至今日。

我从未见过这位伯祖父，但如果以父亲办公室里挂着的那幅画为证，上面的人面容颇为刚毅，我应该和他长得挺像。一九一五年，我与二十五年前的父亲一样，从纽黑文②毕业。之后不久，我便参加了那场迟来的条顿民族大迁徙，也就是第一次世界大战。我非常享受那次反击的过程，以至于我在回来后依旧有些躁动不安。现在的中西部看起来像破烂的宇宙边缘，一点也不像温暖的世界中心，所以我决定搬到东部，学习债券生意。我认识的所有人都在从事债券生意，因此我猜想，这个行业并不会介意再多养活一个人。我的所有叔叔婶婶都参与了这件事的讨论，仿佛在为我选择一所预科学校一样。最终，他们一脸严肃，略带犹豫地说道："嗯——好吧。"父亲也同意资助我一年的时间。在耽搁了几次之后，我在二十二岁那年的春天来到了东部，憧憬着，可能要在这儿度过余生了。

在城里找个住处是一件实际的事，那年春天天气暖和，我也刚刚离开乡村地区，离开那里的宽阔草坪和宜人的树林。因此，当办公室里的一位年轻人提议我们二人不妨在城郊小镇合租一间房屋，通勤来回时，我便觉得这主意听起来太棒了。房子是他找的，是一

---

① 苏格兰贵族爵位。最有名的一位伯克卢公爵是詹姆斯·司各特·蒙茅斯（1649—1685），他曾在1685年领导过反对詹姆斯二世的叛乱，但最终失败。
② 美国城市，耶鲁大学所在地，此处代指尼克曾就读的耶鲁大学。

间饱经风霜的一层木板小屋，月租八十美元。但在最后时刻，公司将他调往华盛顿，只剩我一个人独自前往郊外。我养了一只狗——至少在它跑走之前，我养了它几天——有一辆老旧的道奇牌汽车，还雇了位芬兰女人为我整理床铺，准备早餐。她在电炉前忙碌时，嘴里自言自语，咕哝着家乡的至理名言。

在我孤独自处了一两天后，一天早晨，一位比我还晚搬到这里的先生在路上拦下了我。

"西卵村怎么走呀？"他无助地问道。

我回答了他的问题。在我后来的前进道路上，我也不再感到孤独。我成了向导、探路者、原住民。他也随意地授予了我在这片区域活动的自由。

在阳光的照射下，树上的许多绿色新叶发芽成长，速度快得就像在电影里播放的快镜头一样，这让我有了一个熟悉的想法，确信生命随着夏天的来到，再一次重新开始。

要读的书还有好多本，这是一方面。另一方面，新鲜的空气使生命得以呼吸，不断地滋养着我的健康。我买了一堆关于银行、信托和投资证券的书，这些烫着金字的红皮书被我置于书架之上，看起来就像刚从造币厂取出的新钱一样，向我承诺它们能够揭开只有米达斯[①]、摩根[②]和米赛纳斯[③]才知道的闪亮秘密。除了这些书以

---

① 希腊神话中的弗里吉亚国王，会点物成金的法术。

② 美国著名金融家和慈善家 J. P. 摩根（1837—1913）。

③ 公元前 1 世纪古罗马政治家和赞助人。

外，我还十分期待阅读许多其他的书籍。我在大学时的文笔不错——有一年，我为《耶鲁新闻》撰写过一系列社论，风格颇为严肃，内容浅显易懂——如今，我打算将这一切带回我的生活，再次成为对一切事物都略懂一二的"通才"。这可不只是一句警语——毕竟，只透过一扇窗户看人生，人生会显得成功得多。

我在北美洲最奇怪的一个社区租房这事实属偶然。这个地方位于一个狭长而喧闹的岛上，在纽约正东方向延展开来。在那儿有许多自然奇观，其中有两个小岛，形态构造独特罕见。这一对巨蛋距离市区有二十英里①，两者轮廓一致，中间仅被一片海湾隔开。这片海湾使两地居民显得谦恭有礼，并深入长岛海湾中那片巨大的谷仓空地，那里被水淹没，有西半球最平静的咸水水域。两个岛的形状并不是标准的椭圆形，而是像哥伦布故事里的那个蛋②，与接触面相碰的那一头均呈现出扁平状。但是，从岛上方掠过的海鸥必将永远好奇于它们相似的外形。而对于没有翅膀的生物而言，一个更加有趣的现象则是，它们除了形状大小相似以外，在其余所有方面均是不同的。

我住在西卵岛，就是那个，嗯，两个岛中不太时髦的岛，这个标签显得极端肤浅，也无法反映它俩之间离奇怪诞而又颇为不祥的

---

① 1英里=1.61千米。

② 当被人质疑是否发现"新大陆"时，意大利航海家克里斯托弗·哥伦布（1451—1506）挑战那些质疑者，要求他们将鸡蛋竖立起来。质疑者做不到，而哥伦布则将鸡蛋一头敲碎，使鸡蛋立起，以证明自己能做他人无法完成之事。

反差。我住的房子正好处于蛋的顶端位置，离海湾只有五十码[1]，挤在两处巨大的宅院之间，它们的租金高昂，每季度要收取一万两千至一万五千美元。我家右边的那一座宅院，不论参照何种标准来看，都是一个庞然大物，简直就是诺曼底市政厅的翻版。它的一侧有一座崭新的塔楼，外墙上罩着稀疏且未经修剪的常青藤。它还有一个大理石游泳池以及面积超过四十英亩[2]的草地与花园。这就是盖茨比的府邸。但由于我并不认识那位盖茨比先生，或许更加准确地说，那座豪宅里住着一位叫那个名字的绅士。而我自己的房子就显得有点碍眼，但它也只是一个小小的碍眼之物，不曾吸引他人的目光。正因为此，我也坐拥一方水景，欣赏得到我邻居家草地的部分景色，心中还产生了一种有幸与百万富翁为邻的慰藉——而这一切只花了我每个月八十美元。

在这片使人显得谦恭有礼的海湾对面，东卵岛上的那些时髦白色宫殿沿着水岸闪烁着光芒。而那年夏天的历史也开始于一个夜晚。那晚，我驱车去到对岸，与汤姆·布坎南夫妇共进晚餐。黛茜是与我隔了两代的表妹，而我在大学时期就已经认识了汤姆。在战争刚结束时，我与他们一起在芝加哥待过两天。

她的丈夫曾获得各类体育成就，还曾是纽黑文美式橄榄球历史上最强大的端锋之一，从某种程度上说，他是一位国家级健将。他

---

[1] 1 码 =0.9144 米。

[2] 1 英亩 =0.405 公顷。

们那样的人在二十一岁时，就触及了顶峰，取得了最高的成就，而在那之后，事事都不免带有走下坡路的味道。他的家庭坐拥巨大的财富——甚至在大学时，他在花钱上的大手大脚就曾受到批评——但如今，他已经离开芝加哥，以一种让人窒息的姿态，来到东部。例如，他从森林湖①买下了一批矮马，以供打马球消遣。难以想象，我自己这一代人中居然有人可以如此富有，做出这样的事情。

我不知道他们为何搬来东部。他们过去曾在法国漫无目的地待过一年，然后便不安定地在各处飘荡，与人打马球，参加富人们的聚会。黛茜在电话里说过，这次搬家是最后一次，但我并不相信。我虽不知晓黛茜的心中想法，但我觉得汤姆会永远飘下去，继续略带伤感地寻找着美式橄榄球比赛中已然逝去的戏剧性动荡。

而后来的事发生于一个暖风徐徐的夜晚，我驾车去东卵岛，拜访两位不甚了解的老友。他们房子的设计比我预期中还要精妙，红白交织，有着英王乔治统治时期殖民地豪宅的风格，俯瞰着海湾。自沙滩处开始，草坪便铺展开来，奔至前门，有四分之一英里宽，其间越过了日晷仪台、砖石小径和繁花似火的花园。最后，当草坪延伸至屋前时，仿佛还延续着自己奔跑的势头，顺着鲜艳的藤蔓，从屋侧的墙上向上攀爬。房子的正面有一排法式长窗，面对着午后的暖风，大大敞开，放射出金色的光芒。汤姆·布坎南穿着一身马术服，双腿分开，跨立于前门的门廊处。

---

① 芝加哥郊区的富人区。

他的模样有所改变，与我对他尚在纽黑文时的印象不同。现如今，他已三十岁，身材强壮，头发呈现出稻草色，嘴角透出坚毅，举止显得傲慢。他的双眼闪着傲慢的光芒，在他的脸上颇为突出，使他看起来不论何时都咄咄逼人。甚至他那一身带有阴柔之气的马术服也无法掩饰其下那具身体中的巨大力量——当他拉紧自己的鞋带，双脚撑起了那双锃亮的靴子时，你能够看到一大块肌肉，随着他的肩膀在薄外套下的运动而起伏。这具身体有着巨大的冲击力，着实是一具残忍的身躯。

他说话的声音犹如低沉沙哑的男高音，加深了他给人留下的那种暴躁印象。他的声音中带着一丝父亲式的蔑视口吻，甚至在他喜欢的人听来也不例外——在纽黑文时，就有一些人讨厌他的这副模样。

"注意，不要以为我对这些事的看法是不会变的，"他仿佛在说，"这不仅是因为我比你更强壮，也不仅是因为我比你更像个爷们儿。"我们曾是同一个高年级学生社团的成员，虽然我们并不亲密，但我总觉得他已认可了我。同时，在他刺耳而又目中无人的神气中，我觉得他也想让我喜欢他。

阳光照在门廊上，我们在那儿聊了几分钟。

"我在这儿找了一个不错的地方……"他说道，目光则在四周不停地扫视。

他单手将我的身子转过来，伸出宽大平整的手掌，展示着前方的美景。我沿着他手扫过的方向看去，看见了一座低矮的意大利式花园和半英亩颜色鲜艳、芬芳浓郁的玫瑰花丛,还有一艘停在岸边的摩托艇,船头微微翘起,在波浪中上下沉浮。

"这儿原来是德梅因的地方,就是那个挖石油的。"他又将我转了过来,虽然礼貌,但依旧唐突,"让我们进屋吧。"

我们走过高高的门厅,进入了一片明亮的玫瑰色空间。在屋子的两头,法式长窗嵌入了房子中,显得脆弱易碎。那些窗户半开着,对着鲜嫩的草地闪烁着白光。而那外头的草坪看似又变长了一些,伸进了屋内。一阵微风吹拂,穿过房间,将一端的窗帘吹入屋内,又把另一端的窗帘吹向屋外,使它们看起来像苍白的旗帜,风将它们卷起,带向从屋顶坠下的糖霜婚礼蛋糕般的装饰,在酒红色的地毯上方飘动,洒下阴影,如同风吹海浪一般。

屋内唯一一件完全静止的物品是一张巨大的沙发,上方有两位女士,看似身处一个固定好的热气球之上。她们俩都身着白裙,裙摆摇曳颤动,好像她们刚刚被风吹着在屋外飞行一圈,又被吹进屋子似的。我在那儿站了一会儿,听着窗帘啪嗒啪嗒的抽动声和墙上画像发出的嘎吱响动。紧接着,随着汤姆·布坎南砰地一声关上了后窗,那些被捕获的风便在屋内销声匿迹。而那些窗帘、地毯以及两位妙龄女士乘坐的热气球也缓缓地落回地面。

两人中年纪更小的那位女士,我未曾谋面。她躺在长沙发的一头,全身舒展,纹丝不动,只将下颚微微抬起,感觉像是在平衡一件即将落下之物。她是否用眼角余光瞥见了我,我从她那儿一点线索也看不出来——确实,我也有些惊讶,几乎就要轻轻地呢喃一句抱歉,为我的闯入打搅到她而感到抱歉。

另一位姑娘黛茜则试图起身——她的身体微微前倾,表情诚恳——她随后笑了,轻轻一声,虽有些滑稽,却楚楚动人。我也笑了,然后走进了房间。

"我高兴得快要瘫……痪了。"

她又笑了,就像是刚刚说了什么巧妙风趣的事似的,然后拉起我的手,握了一会儿。她看着我的脸,向我保证道,我是她在这个世界上最想见的人。那就是她说话的方式。她嘟囔了一声,向我暗示那位正在保持平衡的姑娘姓贝克(我曾听说,黛茜轻声说话的原因只是想让其他人的身子倾向于她,而这类无关紧要的批评一点都不会减少她的魅力)。

还好,贝克小姐的嘴唇动了动。她朝我点头,幅度小得几乎无法觉察,随即就把头转了回去——她正平衡着的那个东西明显摇晃了一下,这也让她吓了一跳。又一次,我的双唇差点吐出了某些道歉的字眼。我对所有这类自娱自乐的展示几乎都是报以敬意,目瞪口呆。

我回头看向我的表妹。她开始向我提问,声音轻柔,扣人心弦。那种声音使人听得专注,好似每句话都由音符组成,稍纵即逝。她的面容既忧伤又迷人,其中掺杂着许多有生机的东西,明亮的眼睛和生机勃勃而又热情洋溢的嘴。而她的声音里又透着一股气息,让人兴奋,使那些倾心于她的男人难以忘怀。那是一种歌唱的冲动,一句轻轻的"听我说",或是一个承诺,保证她刚刚才做了一些开心而又使人兴奋的事,以及在下一个小时里,她还将流连于那些开心而又使人兴奋的事。

我告诉她,我在来东部的路上,曾在芝加哥逗留了一天,还有十几个人曾托我向她转达问候。

"他们想我了吗?"她高兴地喊道。

"那个小镇简直万人空巷,所有车都把左后轮漆成黑色,就像一个哀悼花圈,而从北岸沿线发出的哀号则连绵不绝。"

"太棒啦!汤姆,我们明天就回去!"随后,她又说了一句不相关的话,"你应该去看看宝宝。"

"我很想去看看。"

"她睡着了。她现在三岁了。你从来没见过她吧?"

"没有。"

"哦,你应该去见见她。她……"

汤姆·布坎南已在屋子里来回徘徊了很久,他突然停下,将自己的一只手放在肩膀上。

"你现在在做什么,尼克?"

"我在做债券。"

"和谁一起呢?"

我告诉了他。

"从没听说过他们。"他明确地说道。

这让我感到恼怒。

"你会的,"我很快答道,"如果你待在东部久了,你就会听说他们的名字。"

"哦,我就在东部待着,你就别担心了,"他说着,瞥了黛茜一眼,又看向我,好像在戒备着什么似的,"我要是搬到其他地方去,我就是个该死的傻瓜。"

在这时,贝克小姐开口说:"这当然了!"她这突然蹦出的一句话,吓了我一跳。自打我进门,这还是她说的第一句话。和我一样,这显然也吓了她自己一跳。她随即打了个哈欠,迅速而灵巧地起身,站在了房间之中。

"我身子都僵了,"她抱怨道,"我已经记不得自己在沙发上躺了多久了。"

"别看我啊,"黛茜反驳道,"这一整个下午,我都在想办法把你拉去纽约呢。"

"不用了,谢谢,"贝克小姐对着刚从食品储藏室里端出来的四杯鸡尾酒说道,"我正在锻炼呢。"

屋子的男主人看着她,表示着怀疑。

"你说得对!"他饮下自己的那杯酒,仿佛那只是杯子底部的一滴酒,"我一向无法理解你做事的方法。"

我看着贝克小姐,好奇她到底"做了"什么事。我挺喜欢看着她。她身材纤细,胸部较小,站姿笔挺,像一位年轻的军校学员,上身后仰,双肩后扩,颇为突出。她那双灰色的眼睛被阳光照得眯了起来,她也回过头,同样好奇而又礼貌地看向我,迷人的脸上略显苍白和不满。这时,我突然想起来,我以前在某处见过她,或她的照片。

"你住在西卵岛，"她傲慢地说道，"我有个熟人也住那儿。"

"我可一个都不认识……"

"你肯定知道盖茨比吧。"

"盖茨比？"黛茜问道，"哪个盖茨比呀？"

我还没来得及把他是我邻居这件事说出来，就有人通知晚餐已经准备就绪。汤姆·布坎南二话不说，把他结实的手臂插进我的臂弯，将我架出了房间，好像正在把棋子移到另一个格子中一样。

而两位年轻的女士则把手轻轻搭在各自的臀部之上，先于我们走出房间，来到迎着落日的玫瑰色门廊，体态婀娜，慵慵懒懒。在那儿，四支蜡烛的烛光在渐弱的风中摇曳闪烁，映在桌面上。

"为什么点蜡烛呢？"黛茜皱着眉头反对道。她用手指将它们掐灭。"再过两周就是一年中白昼时间最长的一天了。"她容光焕发地看着我们，"你也期待一年里白昼最长的那一天，却又总是错过它吗？我总是期待一年里白昼最长的那一天，但也总是错过它。"

"我们应该定个计划干点儿什么……"贝克小姐边打哈欠，边在桌边坐下，好像准备上床睡觉似的。

"是啊，"黛茜说，"那我们计划些什么事呢？"她无助地转向我，"大家都计划些什么呢？"

还不等我回答，她的眼睛就盯着她的小拇指，面露惊色。

"看啊！"她抱怨道，"我受伤了。"

我们都看去——那个手指关节处已经发青发紫了。

"汤姆，你干的好事！"她控诉道，"我知道，你不是故意的，但你确实把它弄伤了。这是我自找的,谁让我嫁给了一只人面野兽,一个身材粗大笨重的男人……"

"我讨厌'笨重'这个词,"汤姆生气地反对道,"哪怕是在玩笑中。"

"就是'笨重'。"黛茜坚持着自己的说法。

有些时候,她和贝克小姐会同时开口说话,随意开着玩笑,既不招摇,也绝非喋喋不休的唠叨。她们的对话冷淡得就像身上的白色裙子一样,而她们的目光冷漠,没有任何欲望。她们坐在这儿,接待着汤姆与我,只是试图礼貌而友好地款待客人或接受着主人的款待。她们知道眼下的晚餐即将结束,随后这个夜晚也将过去,被随意地遗忘。这样的夜晚与西部的夜晚截然不同。在西部,夜晚在一个接一个的环节中,匆匆走向终结,在连续的期待中感到失望,抑或对于结束时刻本身感到纯粹的紧张和恐惧。

"黛茜,你让我觉得自己还未开化。"我边坦白,边喝着第二杯干红葡萄酒。那酒带着软木塞的味道,口感着实让人印象深刻。"你就不能说些关于庄稼或者其他话题的事吗?"

我的这句话并无其他特别的意思,但它却以一种出乎意料的方式被接着聊了下去。

"文明将要崩溃,"汤姆突然粗暴地说了一句,"我对世事感到非常悲观。你读过《有色帝国的崛起》①吗？是一个叫戈达德的人写的。"

"怎么了，我没读过。"我回答道，对他的口吻感到惊讶。

"好吧，那是本不错的书，每个人都应该读一读。它的观点是，如果我们不留心的话，白人种族就将……就将被彻底地淹没。它讲的全是科学的东西，它被证明过了。"

"汤姆越来越博学了，"黛茜说道，脸上露出漫不经心的悲伤表情，"他读深刻的书籍，那些书里的词长长的。那个词是什么来着？我们……"

"是这样的，那些书都是关于科学的，"汤姆坚定地说道，同时不耐烦地瞥向她，"这家伙把这件事完全弄明白了。它正取决于我们，我们的种族统治着一切，取决于我们是否留心，否则其他的那些人种就要控制一切了。"

"我们必须把他们打败。"黛茜轻声说着，她的眼睛则看向褪去炙热的太阳，冲着它恶狠狠地眨了眨眼睛。

"你应该住在加利福尼亚……"贝克小姐刚开始说话，汤姆就在椅子上换了个姿势，打断了她。

"他的想法是，我们是北欧人。我是，你是，你也是……"稍

---

① 暗指洛斯罗普·斯托达德（1882—1950）的《有色浪潮的兴起》。洛斯罗普·斯托达德是美国种族人类学家，被认为是20世纪早期科学种族主义的典型人物。其于1920年出版的《有色浪潮的兴起》认为生活在美国的北欧裔白人数量正在被其他种族超越。

微犹豫了一下,他朝着黛茜稍稍点了点头,将她也包括进去。而她再次朝我眨了眨眼。"而且,我们创造了所有东西,而它们缔造了文明——嗯,科学啊、艺术啊,以及所有一切。你们明白吗?"

他那专注的神情里有着一丝感伤的情绪,好似他比以往还要明显的自鸣得意依旧不够用。正在此时,屋里的电话响了,管家离开了门廊。黛茜迅速抓住这个短暂的小插曲,向我靠过来。

"我告诉你一个家庭秘密,"她热情地小声说道,"这事与管家的鼻子有关。你想听管家鼻子的事吗?"

"这正是我今晚过来的原因。"

"是这样的,他以前并不总是做管家工作的,他曾为纽约的某户人家擦过银器,那家人有一套银器,可供二百人使用。所以,他不得不从早到晚不停地擦,直到有一天,这份差事影响到了他的鼻子……"

"情况变得越来越糟。"贝克小姐提示道。

"是的。他的情况变得越来越糟,直到不得不辞了那份差事。"

一时间,最后一缕落日余晖落在了她容光焕发的脸上,颇为浪漫。听她说话时,她的声音迫使我向前倾了倾身体,屏住了呼吸——随后那缕容光褪去,每一道光线都不舍地徐徐离她而去,像是孩子们在黄昏时分离开好玩的街道一样。

那位管家走了回来,在汤姆耳旁小声说着什么。汤姆随之皱眉,将椅子向后一推,沉默地走向屋内。他的离席好像刺激到了黛茜心中的某个想法,她再次向前倾了倾身子,说话的声音炽热,如歌曲一般。

"尼克，你能来我家赴宴，我很高兴。你让我想起一朵……一朵玫瑰，一朵纯粹的玫瑰。难道不是吗？"她转向贝克小姐，想让她确认一下，"一朵纯粹的玫瑰？"

这不是真话。我一点都不像玫瑰。虽然这只是她临时想的词，但一丝温情从她的话中浮现，让人激动，好似她的心正试图向你走去，将自己掩饰在那些使人窒息、扣人心弦的词语中。然后，她忽然把餐巾扔在桌上，说了声抱歉，随即走入屋内。

贝克小姐与我迅速交换了一个眼神，有意识地不透露出一丁点想法。我正准备说话，她却警觉地坐直，"嘘"了一声，口气带着警告的意味。我们依稀可以听到从那个房间里传来的声音，激烈而又刻意地被压抑。贝克小姐身子前倾，试图听得更清楚些，一点都不觉得难为情。那低声嘟囔不甚连贯，时而低沉，时而激动大声，最终完全沉默。

"你们刚才提到的这位盖茨比先生是我的邻居……"我打开话匣说道。

"别说话。我想听听发生了什么事。"

"发生了什么事吗？"我天真地问道。

"你是在说你不知道吗？"贝克小姐说道，着实有些惊讶，"我还以为大家都知道了。"

"我不知道。"

"嗨……"她有些犹豫地说，"汤姆在纽约有女人了。"

"有女人了?"我茫然地重复了一句。

贝克小姐点了点头。

"她真不体面,在他吃饭的时候打电话过来。你说对吧?"

还未等我明白她的意思,我就听到了裙摆的飘动声和皮靴发出的咯吱声,汤姆和黛茜也回到了桌前。

"真没办法!"黛茜强颜欢笑地大声说道。

她坐下,试探性地瞥了一眼贝克小姐,然后也朝我这儿瞥了一眼,然后说道:"我刚才朝外头看了一会儿,外面的景色很是浪漫。草地上有一只小鸟,我觉得它一定是只夜莺,跟着库纳德或白星公司的船来到这儿。它正在放声歌唱……"她的声音如歌一般,说道,"这很浪漫,不是吗,汤姆?"

"很浪漫,"他说道,然后痛苦地对我说,"如果我们吃完饭时天还够亮,我想带你去看看马厩。"

屋里的电话又响了,这吓了我一大跳。而当黛茜明确地向汤姆摇了摇头时,关于马厩的话题,事实上所有的话题,随即烟消云散。晚餐的最后五分钟在我的记忆中如同碎片一样,我记得桌上的蜡烛被毫无意义地重新点燃,而我有意识地想正眼去看看每一个人,却也刻意地避开了所有的目光。我不知道黛茜和汤姆在想什么,但我怀疑贝克小姐也无法彻底忽略那第五位宾客发出的刺耳的金属催促声,虽然她似乎擅长保持某种坚定的怀疑主义态度。在某些人看来,当时的情况也许看起来有趣——但我出自本能的反应是立刻拿起电话报警。

无须多言，关于马的事再没有被提起。汤姆和贝克小姐，间隔着好几英尺①的暮色，闲逛着走回了书房，好像准备去为一具真实存在的尸体守夜一般。与此同时，我则跟着黛茜，穿过一系列相互连接的游廊，去到屋子前方的门廊处。其间，我试图让自己保持着一副颇感兴趣的神态，也对一些事情充耳不闻。在深沉的幽暗暮色中，我们在一把由柳条编织的靠背长椅上并排坐下。

黛茜用手托住脸颊，好像正在感受着它可爱的轮廓。她的双眼逐渐看向远处如天鹅绒般的暮色。我看出她情绪纷乱，因此问了几个关于她女儿的问题，心想它们也许会起到一些镇静的作用。

"我们彼此都不了解对方，尼克，"她突然说道，"虽然我们是表兄妹，但你也没来参加我的婚礼。"

"我那时还没复员呢。"

"也对。"她略带犹豫，"好吧，我最近过得不好，尼克，对每一件事情都感到悲观。"

显然，她会这么想的确有她的理由。我等她说出接下来的话，但她也并未再说什么。过了一会儿，我又颇为心虚地将话题转回到她的女儿。

"我猜，她现在能说话了，也会……自己吃饭了，也应该会做所有事情了吧。"

"哦，对了。"她心不在焉地看着我，"听我说，尼克。在我

---

① 1英尺=0.3048米。

生她的时候,我说过一些话。你想听吗?"

"非常想。"

"这些话会让你明白我对……很多事的看法。嗯,她刚出生还不到一个小时,汤姆就不知道跑到哪里去了。我从麻醉中醒来,感到自己被彻彻底底地抛弃了。我立即问护士那是个男孩还是女孩。当她告诉我是个女孩时,我便把头转向一边,开始哭泣。'好吧,'我当时说,'我很高兴那是个女孩。我希望她以后可以成为一个傻瓜——那是一个女孩在这个世界上最好的归宿,一个漂亮的小傻瓜。'

"你应该看出来了,不论如何,我觉得一切都很糟。"她深信不疑地继续说道,"所有人都是这么想的——那些最厉害的人也是如此。而我也知道。我什么地方都去过,什么事都见过,什么事也都做过。"她的眼光闪烁,以一种目空一切的神态扫视周围,与汤姆的神态颇为相似。她随即开始放声大笑,笑声惊悚而又带着鄙夷:"老于世故啊——老天爷啊,我真是老于世故啊!"

她笑声停止的那一刻使我不再被迫关注或相信她的话,我也立刻感到她刚才所说的那些话中透露出的虚情假意。这使我感到不自在,虽然这一整个晚上已经看起来像个骗局,她似乎想从我这儿强行取走一份感情。我稍稍一等,果不其然,她没过多久便看向我,漂亮的面庞上带着纯粹的假笑,看起来就像在展示她也已经加入了一个颇受人尊敬的秘密社团,和汤姆一样,成为这个社团的一员。

在屋内,绯红色的房间中灯光明亮。汤姆和贝克小姐分坐在长沙发的两头。贝克小姐大声地向他读着《星期六晚邮报》①——声音低沉平稳,在舒缓的语调中,报上的词语汇聚在一起。台灯的光亮使他的靴子明亮发光,也让她的头发显得黯淡,如秋叶般发黄。每当她翻页时,她双臂上的纤细肌肉便微微抖动,纸面上也反射着灯的光芒。

当我们走入房间时,她举起了一只手,让我们安静片刻。

"未完待续,"她说着便将报纸扔到了桌上,"请见下一期分解。"

她的膝盖不停上下晃动,身子随即一挺,站了起来。

"十点钟了,"她说道,明显是在天花板上看见了时间,"到时候让这位好姑娘去睡觉了。"

"乔丹明天打算参加锦标赛,"黛茜解释道,"在韦斯特切斯特②那一边。"

"啊——原来你就是乔丹·贝克③。"

我终于知道为何她的面容让我感到熟悉了——那副让人感到愉快的傲慢表情曾在阿什维尔、温泉城和棕榈滩④注视过我,出现在了

---

① 美国畅销杂志,菲茨杰拉德本人曾在该刊物上发表多篇作品。
② 纽约市郊区的富人区。
③ 此处为双关语,一指人名,二指两款汽车品牌,分别为乔丹牌跑车和贝克蒸汽车。
④ 分别为北卡罗来纳州、阿肯色州和佛罗里达州的度假胜地。

许多体育生活版凹版印刷图画[①]中。我也曾听过她的一些传闻,一些负面的不良传闻,但我很久以前就已经不记得那些事了。

"晚安,"她轻柔地说道,"八点时叫醒我,可以吗?"

"只要你能起得来。"

"我会起来的。晚安,卡拉威先生。再会。"

"你当然能很快再见面,"黛茜确定地说,"事实上,我想我可以安排一场婚礼。常来走走啊,尼克,我想……呃……把你们俩给丢到一起。你知道的……不小心把你俩给锁在一个亚麻衣橱里,然后把你俩丢在一艘小船上,让你俩出海,或者其他类似的事情……"

"晚安,"贝克小姐在楼梯上喊道,"我什么也没听到。"

"她是个好姑娘,"汤姆稍后说道,"他们不应该让她像这样在国内乱跑。"

"谁不应该呢?"黛茜冷漠地问道。

"她的家人。"

"她的家里只有一位快一百岁的老姑妈。另外,尼克以后将照顾她,不是吗,尼克?这个夏天,她将在这儿度过好多个周末。我认为,家庭氛围会为她带来好的影响。"

黛茜和汤姆沉默地看了彼此一会儿。

"她是纽约人吗?"我赶紧发问。

[①] 高速印刷品,常用于杂志插图和广告图画。

"是路易斯维尔人。我们一起在那儿度过了纯洁的少女时期。我们美好而又纯洁的……"

"你刚才和尼克在游廊里谈心了吗?"汤姆突然问道。

"有吗?"她看着我,"我都记不起来了,但我记得我们谈到了北欧种族。对,我确定我们聊过这个。我们不知不觉地就谈到它了,你知道的,第一件事是……"

"不要相信你听到的任何话,尼克。"他劝着我说道。

我轻声回答道,我其实什么也没听到。几分钟后,我便起身,准备打道回府。他们与我一起走到了门口,并排站在一片欢欢喜喜、四四方方的光亮之中。正当我发动汽车时,黛茜突然对我喊道:"等一下!我忘了问你一些事,一些重要的事。我们听说你与一位住在西部的姑娘订婚了。"

"是的,"汤姆和善地附和道,"我们听说你已经订婚了。"

"那是诽谤。我太穷了。"

"但是,我们听到了传闻,"黛茜坚持着她的看法,她那副如同再次绽放的花朵般的姿态让我有些讶异,"我们从三个人那里听到了这则消息,所以那一定是真的。"

我当然知道他们在说什么,但我和订婚这件事之间一点都不沾边。事实上,我来东部的其中一个原因正是这则流言已经传得沸沸扬扬。虽然你无法因为流言蜚语就与一位老朋友断交,但我也不愿意被卷入婚姻的流言中。

他们对此事的兴趣使我颇为感动,也缩小了我们在财富上的疏远感——即便如此,在我开车离开后,我还是感到困惑和一丝反感。在我看来,黛茜应该抱着孩子,快速离开那座房子——但是,她的脑中显然没有那样的打算。对于汤姆,他"在纽约有女人"这件事并未真的让我感到非常惊讶。与之相较,我会更加惊讶于他被一本书折腾到抑郁。一些事正促使他在陈腐观念的边缘徘徊,犹如他那根深蒂固而又肉眼可见的自负再也无法滋养那颗专横跋扈的心了。

盛夏的痕迹已经爬上了路边旅馆的屋顶,也在道路旁的修车铺前留下了踪影。在修车铺前,一台台崭新的红色加油泵矗立着,沐浴在灯光之中。当我回到西卵岛的住处时,我将汽车停在车棚下,然后在院子里的废弃割草机上坐了一会儿。风已停下,留下了一个嘈杂而明亮的夜晚,树上传出翅膀拍打的声响,一道风琴声持续不断,连绵不绝,如同大地正在用力地为充满生命力的青蛙吹气似的。一只猫匆匆而过,它的侧影在月光中颤动。我转过头看它,发现我并非独自一人——在五十英尺外,一个身影从我邻居家宅子的阴影中走出,两手插在口袋中,站着看向如银色胡椒粉般的繁星。从他休闲的举动和他双脚立于草坪上的安稳姿态来看,我猜他就是盖茨比先生本人。他兴许是出来看看,我们本地的天空有多大一部分是他的份额。

我决定和他打个招呼。贝克小姐曾在晚餐时提起过他,这应该能被凑合用作一个自我介绍的开端。但我并未那么做,因为他迅速地做了个暗示,表示他对当下的独处状态感到满意——他面对暗黑的水面,展开双臂,姿态有些怪异。虽然我离他很远,但我可以发誓,他在颤抖。不由自主地,我看了海的方向——除了一点绿色的亮光,没看见任何东西,那点绿光渺小而遥远,也许只是一座码头的末端。当我再看向盖茨比时,他已经消失不见。在这不平静的黑暗中,我再一次孤身一人。

Chapter 2

第二章

大约在西卵岛和纽约的中间位置，机动车道匆忙地与铁路结合在一起，与它并排奔跑了四分之一英里，试图避开一片贫瘠的区域。这是一个充满灰尘的谷地——在一座古怪的农场中，灰尘如麦子一样长成了屋脊、山岭和怪诞花园的模样。在这座农场中，灰尘呈现出房子、烟囱和冉冉炊烟的形态，最终通过巨大的努力，化作了灰色的人形。这些灰色的人影隐约移动，身影已在飘满粉尘的空气中支离破碎。偶尔，一列灰色的车厢沿着一条隐匿的铁轨爬行，在发出了一声惊悚的咯吱尖啸后，停了下来。随即，那些灰色的人影手持着铅制铲子，一拥而上，扬起了一片阻隔视线的尘云，使你无法看见他们模糊不清的动作。

但在这片灰色的土地上，阵阵黯淡的尘霾久久地飘浮其上。一会儿之后，在它们上方，你就看到了T.J.艾克伯格医生的双眼。T.J.艾克伯格医生的双眼又蓝又大——瞳仁就足有一码来高。这双眼睛并非从脸上，而是从一副巨大的黄色眼镜中向外看去，而那副眼镜则架在一个不存在的鼻子之上。显而易见，某位疯狂的眼科医生开了个玩笑，将它们立在那里，借以扩大他在皇后区的业务，随后要么是他自己坠入了永远的黑暗，要么是在搬走时已将它们忘得一干二净。

他的眼睛虽然已经许久未被补漆，在日晒雨淋中变得有些暗淡，但依旧若有所思，阴郁地看着这片阴沉沉的垃圾倾倒场。

这个满是灰尘的谷底一侧依着一条肮脏的小河。每当吊桥升起，驳船通过，等待过桥的列车乘客们就能把那片让人沮丧的风景盯上足足半个小时。平日，列车也要在那儿停留至少一分钟，也正是这个原因，我第一次见到了汤姆·布坎南的情妇。

他有了位情妇这件事在他稍有名气之处已是众所周知。当汤姆带着她出现在一家受欢迎的餐馆时，常把她留在桌边，四处走动，与自己认识的所有人闲聊，这让他的熟人们感到气愤与厌恶。虽然我对她感到好奇，想见见她，但是我并不打算与她见面——不过，我还是与她见面了。一天下午，我与汤姆乘着火车去纽约，当我们停在这片尘土堆旁时，他从座位上跳了起来，拉着我的胳膊肘，简直是逼着我下了车。

"我们下车吧，"他坚定地说道，"我想让你见一见我的女朋友。"

我想，他定是午餐时喝多了，这使他让我作陪的决心近乎暴力。他傲慢地假设了我在星期天下午没有其他任何更好的事需要去做。

我跟着他，越过了一道低矮的白色铁路围栏，然后在艾克伯格医生目不转睛的注视下，沿着公路往回走了一百多码。在目之所及的范围内，仅有的建筑物是一排黄砖小屋，其坐落在这片荒原的边缘，就像一条紧凑的主街，成为这片荒原的辅佐设施，不与任何其他屋舍相邻。它共有三家店铺，其中一家正在招租，另一家则是通宵餐馆，连着一条尘土飞扬的小路。而第三家店铺是一家修车铺——"汽车修理。乔治·B.威尔逊。汽车买卖。"——我跟着汤姆走了进去。

店内冷冷清清、空空荡荡。唯一可见的车是一辆表面满是灰尘的福特牌汽车，独自蹲在昏暗的角落中。这让我突发奇想，这家阴暗的修车铺必定是一个幌子，在它的楼上一定隐藏着一间间富丽堂皇而又浪漫的公寓。就在这时，老板出现在了办公室的门口，用抹布擦着双手。他的头发金黄，无精打采，面容发白，有一丝英俊之气。当他看到我们俩时，蓝色的眼中涌现出了一缕微弱的希望之光。

"你好啊，威尔逊，老朋友，"汤姆一边说，一边友好地拍了拍他的肩膀，"生意怎么样啊？"

"还不错。"威尔逊回答道，虽然他的答案并不太让人信服，"你打算什么时候把那台车卖给我呢？"

"下周吧。我现在正让人处理它呢。"

"进展挺慢，不是吗？"

"不，他干得不慢。"汤姆冷漠地回答道，"如果你那么想的话，我干脆把它卖给别家好了。"

"我不是那个意思，"威尔逊马上解释道，"我的意思是……"

他的声音逐渐变小，而汤姆则不耐烦地瞥了一圈修车铺。就在那时，我听到有脚步声从楼梯上传来。不久之后，一位身材厚实的女士便挡住了从办公室中透出的光亮。她三十五岁上下，身材微微发胖，但像一些女人一样，她的肉体能让人产生感官上的愉悦。她穿着一条带斑点的深蓝色双褶连衣裙，脸上并不带有一丝一毫的美感。但她有着一股可以被立刻感知到的活力，仿佛她身体中的各个神经都在持续燃烧着。她慢慢地展露出笑容，从丈夫身边走过，仿佛他就像个幽灵一般。他与汤姆握了握手，饱含感情地看向他的目光。随后，她润了润自己的嘴唇，头也不回地用温柔却又沙哑的声音对丈夫说道："你为什么不搬几张椅子来，这样大家就都能坐下了。"

"哦，当然了。"威尔逊赶忙同意，径直走向狭小的办公室，立刻便与水泥色的墙体混合在一起了。他身上穿着的深色工作服和头上的淡色头发表面都覆盖着一层白灰色尘土，而这层尘土好像也笼罩着周遭的一切——除了他的妻子，他那位与汤姆越凑越近的妻子。

"我想见你。"汤姆热切地说道，"去坐下一班火车。"

"好。"

"我在下层旁的报刊亭等你。"

她点点头，正当威尔逊拿着两把椅子从办公室走出时，她与汤姆拉开了些距离。

我们沿着公路下行，走到了他们看不见我们的地方，等着她。离七月四日①还有几天，一个脏兮兮、瘦巴巴的意大利小孩正沿着铁轨摆放一排炮仗。

"可怕的地方，难道不是吗？"汤姆说道，他皱着眉头看向艾

---

① 美国独立纪念日。

克伯格医生。

"太糟了。"

"离家走走对她有好处。"

"她丈夫难道不反对吗?"

"威尔逊?他还以为她是去纽约看妹妹呢。他太蠢了,甚至都不知道自己还活着。"

因此,汤姆·布坎南、他的女朋友和我一起去了纽约——或许也称不上一起,因为威尔逊太太谨慎地坐在另一节车厢里。由于车上也许还有东卵岛的居民,因此汤姆做出了让步,以便不触及他们敏感的神经。

她换上了一条贴身的棕色平纹细布裙。当汤姆帮助她走下纽约的站台时,她丰满的臀部将那条裙子绷得紧紧的。她从报刊亭买了一份《城镇闲谈》和一本电影杂志,还在车站药店买了些润肤膏和一小瓶香水。车站上层的车道阴沉且充满回音。在那儿,她在放走了四辆出租车后,终于挑了一辆车身呈淡紫色的新车,车内的装饰呈灰色。坐着这辆车,我们从庞大的车站中慢慢驶出,开入耀眼的阳光中。她先是面朝车窗,随后突然转过身来,身体前倾,轻叩着车前的挡风玻璃。

"我想要一只那样的狗,"她诚恳地说道,"我想在公寓里养一只。能养它们该多好啊——养一只狗。"

我们让车倒至一位头发灰白的老者处。这位老者看起来与约翰·D.洛克菲勒①相似,让人感到荒唐可笑。他的脖颈处挂着一个篮子,里头蜷缩着十几条刚出生不久的小狗崽,看不清是什么品种。

"它们是什么品种的狗呀?"当他走到车窗外的时候,威尔逊太太便迫不及待地问道。

"哪种都有。你想要哪一种,女士?"

"我想要一只那种警犬。我猜你应该没有吧?"

那个人疑惑地看向篮子里,把手伸了进去,揪着一只扭动着身体的小狗,将它提了出来。

"那不是警犬。"汤姆说。

"是的,但比警犬也差不了多少。"那个人说道,声音中透着失望,"它更像一只艾尔谷梗。"他的手拂过它那如毛巾似的棕色后背,"看这皮毛,多好的皮毛啊。这只狗从不感冒,绝不会给你添麻烦。"

"我觉得它好可爱啊。"威尔逊太太热情地说道,"多少钱啊?"

"这只狗吗?"他赞赏地看着它,"这只狗卖十美元。"

毫无疑问,那只狗的某些方面的确与艾尔谷梗有关,但它的四肢白得吓人。在它被交给威尔逊太太后,它立马就在她的腿上安顿下来。而她则欣喜地抚摸着它那可以抵御风雨的皮毛。

"它是公的还是母的呢?"她温柔地问道。

"那只狗吗?它是只小公狗。"

---

① 美孚石油公司创始人。

"那是母狗。"汤姆斩钉截铁地说道,"这是你的钱。快去用它再买十只狗吧。"

我们的车开到了第五大道。在这个夏季的周日午后,天气温暖,微风和煦,几乎还带着些田园气息。即便我看见一大群白色的绵羊从街角拐出,我也不会感到惊讶。

"停一下,"我说,"我不得不在这儿与你们分别。"

"不行,你不可以走。"汤姆迅速地插话道,"如果你去公寓的话,梅朵会伤心的。对吗,梅朵?"

"来吧,"她劝道,"我会给我的妹妹凯瑟琳打电话。大家都说她很漂亮。"

"嗯,我倒是很想去,但是……"

我们的车继续往前行驶,在中央公园的拐角处调转方向,往西侧的区域开去。当行至一百五十八号大街时,出租车在一处公寓楼前停了下来,那楼看似一个长条白色蛋糕中的一小块。威尔逊太太如同皇室回宫一般,看了看周围,然后抱起狗以及其他购买的物件,趾高气扬地走了进去。

"我会把麦基夫妇也喊上来,"她在我们坐电梯上楼时宣布道。"而且,当然了,我也会把我妹妹叫过来。"

这间公寓位于顶楼,有一间小起居室、一间小餐厅、一间小卧室和一个浴室。那间起居室中有一套织棉家具,它的体积实在太大,把整个房间挤得满满当当。因此,我们只能在那其中不断地蹒跚移动,仿佛置身凡尔赛宫后花园中淑女荡着秋千的场景中。屋内唯一的画是一幅过度放大的照片，看上去是一只母鸡蹲坐在一块模糊的石头上。然而，从远处看，那只母鸡逐渐幻化成了一顶女式圆帽，而一位肥胖的老夫人正一脸笑容地俯视着这个房间。桌子上摆着几本老旧的《城镇闲谈》、一本《名叫彼得的西蒙》[①]以及一些刊载丑闻的百老汇小杂志。威尔逊太太首先关心的是那只狗。一个不情不愿的电梯服务员被打发去买一个装满稻草的盒子和一些牛奶。他还主动多买了一罐又大又硬的狗狗饼干——其中的一块在一碟牛奶里泡了整整一个下午都没分解开。与此同时，汤姆从上了锁的橱柜抽屉里拿出了一瓶威士忌酒。

我这辈子只喝醉过两次，而第二次就发生在那个下午。因此，那时发生的一切都被笼罩在朦胧的薄雾中，虽然已过八点，公寓中仍旧充满了欢快的阳光。威尔逊太太坐在汤姆的大腿上，给好几个人打了电话。后来香烟抽完了，我就出门，去街角的药店买了几包。当我回来时，他们俩已经不见了。所以我就小心谨慎地坐在起居室里，读着《名叫彼得的西蒙》中的一章——要么就是它写得太烂了，要么就是威士忌酒扭曲了一切，我一点也看不懂它在说什么。

就在汤姆和梅朵（在喝完第一杯酒后，我就与威尔逊太太开始直呼对方的名字了）重新现身时，其他人也抵达了公寓的门口。

梅朵的妹妹凯瑟琳身材纤细，气质庸俗。她的年龄在三十岁左

[①] 英国小说家罗伯特·季博尔（Robert Keable，1887—1927）于1921年出版的小说。菲茨杰拉德曾在1923年4月末写给《文学文摘》的信中批评过该小说，认为其"不道德"，标志着一种廉价的煽情主义。

右，有一头浓密的红色短发，脸上的粉白得和牛奶一样。她把眉毛全部拔掉了，然后以一个更加放荡的角度重新画了一对。但天然的眉毛又努力恢复着原本的直线，使她的面容显得有些模糊。当她在屋内走动时，身上不停地发出叮叮当当的声响，仿佛她的两条手臂上有无数的陶瓷手镯正在上下碰撞作响。她进屋时给人的感觉好似她才是这里的主人，她贪婪地环顾着周围的家具，使我一度好奇她是否也住在这里。但当我开口问她时，她却大笑不止，大声地重复着我的问题，随即告诉我她和一个姑娘一起住在旅馆里。

麦基先生住在楼下的公寓，他面色白皙，有些娘娘腔。他刚刮胡子不久，颧骨部位还带着一点白色泡沫。他尊敬地向屋里的每一个人打了招呼。他告诉我，他是"文艺界"的，但我后来得知他是位摄影师。正是他创造了威尔逊太太母亲那幅放大后看起来模模糊糊的照片，照片挂在墙上，如同一个盘旋的通灵物体一般。他的妻子声音尖厉，无精打采，虽然样貌俊俏但不招人喜欢。她骄傲地告诉我，自从他们结婚后，她的丈夫已经为她拍了一百二十七次照片了。

不知何时，威尔逊太太已经换了一身衣服，换上了一条精心挑选的奶油色雪纺裙，随着她在屋里走来走去，那条裙子不断地发出沙沙的摩擦声。她的性格也受到了那条裙子的影响，发生了变化。修车铺中那股显而易见的充沛活力变成了让人印象深刻的高傲。她的笑声、姿态和论断在时间的推移中变得愈加做作。而随着她的膨胀，她周围的这间屋子也变得越来越小。直到最后，她仿佛正在一根发出咯吱咯吱噪声的转轴上,在烟雾弥漫的空气中旋转着。

"亲爱的,"她装模作样地对妹妹高喊道,"这些家伙中的大多数人总是想着欺骗你。他们想的全是钱。上周,我这儿来了个女人帮我看脚,当她把账单给我的时候,你还以为她刚帮我割了阑尾呢。"

"那个女人叫什么名字来着?"麦基太太问道。

"艾伯哈特太太。她四处走动,上门帮人看脚。"

"我喜欢你的裙子,"麦基太太说道,"我觉得它很漂亮。"

威尔逊太太并不领情,而是不屑地扬了扬眉毛。

"这只是一件旧衣服,"她说,"我只在不在意自己外貌的时候穿过几次。"

"但它在你身上看起来棒极了,如果你知道我什么意思的话,"麦基太太紧接着说道,"如果切斯特能给你拍上这样一张照片,我想他肯定能出名。"

我们全都安静地看向威尔逊太太,她将一缕头发从眼睛前撩开,回看向我们,脸上带着开怀的笑容。麦基先生偏着头,专注地看着她,然后用手在他的面部前方缓慢地前后移动。

"我应该会调整一下光线,"他过了一会儿说道,"我想凸显出脸上的立体感。同时,我也会尝试把后头的头发展现出来。"

"我不认为应该调整光线,"麦基太太喊道,"我觉得,它……"

她丈夫"嘘"了一声,然后我们再一次看向我们讨论的话题。汤姆随之大声地打了一个哈欠,站起身来。

"麦基家的两位,去喝点东西吧。"他说,"梅朵,再去拿些冰块和矿泉水,别让大家都睡着了。"

"我和那个小伙子说过冰块的事了。"梅朵的眉毛扬了起来,对于下等人的懒惰感到绝望,"这些人啊!你总得时时刻刻地盯着他们。"

她看着我,无来由地笑了起来。然后突然跑向小狗,欣喜地亲了它一口,之后便快步走入厨房,好像里头有一打厨子正等着她发号施令似的。

"我曾在长岛那边拍过几张不错的照片。"麦基先生坚定地说道。

汤姆毫无表情地看着他。

"其中两幅就在楼下,都镶了相框。"

"两幅什么?"汤姆问道。

"两幅研究之作。其中一幅名叫《蒙托克角——海鸥》,另一幅被我称为《蒙托克角——大海》。"

梅朵的妹妹凯瑟琳在我们旁边的沙发上坐下。

"你也住在长岛吗?"她问我。

"我住在西卵岛。"

"是吗?大约一个月前,我在那边参加过一个派对。在一个名叫盖茨比的家伙那儿。你知道他吗?"

"我就住在他隔壁。"

"嗯,他们说他是德皇威廉的外甥或表亲。这也是他那些钱的来源。"

"是吗?"

她点点头。

"我害怕他。我可不想被他占了便宜。"

这条关于我邻居的消息让我产生了兴趣,但它又被麦基太太打断。她突然指着凯瑟琳,大声嚷道:"切斯特,我觉得你兴许可以拍她。"但是,麦基先生只是厌烦地点了点头,随即便把注意力转向汤姆。

"如果我能找到门路的话,我想在长岛那边多做点儿事情。我想要的只是他们能给我一个机会。"

"去问问梅朵吧,"汤姆说着便爆发出一阵短促的大笑声。正在这时,威尔逊太太端着一个托盘,走了进来。"她会为你写一封介绍信。梅朵,对吗?"

"写什么?"她问道,显然吃了一惊。

"你为麦基写一份介绍信,交给你丈夫,这样他就能够为你丈夫拍几张照了。"他的双唇无声地移动了一会儿,随意编了个《乔治·B. 威尔逊在汽油泵前》以及一些类似的名目。

凯瑟琳朝我这儿靠了过来,然后在我耳边轻声说道:"他们俩都忍受不了各自的结婚对象。"

"是吗?"

"确实忍受不了。"她看向梅朵,又转向汤姆,"我想说的是,如果无法忍受对方,为什么还要和他们生活在一起呢?如果我是他们的话,肯定会先离婚,然后马上就和对方结婚。"

"她也不喜欢威尔逊了吗?"

对于这个问题的答案出乎我的意料。梅朵在无意中听到了这个问题,便说出了她的答案。而她的回答不仅粗俗暴力,还淫秽下流。

"你明白了吧?"凯瑟琳得意地大声嚷道。然后,她重新压低声音说:"他们不能在一起的原因其实还是他的妻子。她是天主教徒,不同意离婚。"

黛茜可不是天主教徒,我对这个谎言中的花言巧语感到有些震惊。

"当他们真的结婚时,"凯瑟琳继续说道,"他们将去西部住上一阵子,直到这件事被人淡忘。"

"去欧洲或许会更加谨慎些。"

"咦,你喜欢欧洲吗?"她惊讶地大声问道,"我刚从蒙特卡洛回来。"

"是吗?"

"就在去年。我和另一个姑娘一起去的那儿。"

"待了多久呢?"

"没有,我们只是去蒙特卡洛走了一圈。我们在去马赛的路上顺道去了那里。我们开始旅行的时候,带着超过一千二百美元,但也就两天时间,我们的钱在包间里被人骗光了。我和你说,在回来的路上,我们的心情糟透了。天哪,我恨那个地方!"

窗子外,傍晚时的天空如地中海的蓝色蜂蜜一样,颜色鲜艳——随即我的注意力被麦基太太尖厉的声音唤回了房间。

"我也差一点儿犯了个错,"她活力充沛地宣称,"我差一点儿就嫁给了一位矮个子犹太佬,他追求了我好些年。我知道他配不上我。所有人也都总对我说:'露西尔,那个人配不上你!'但是,如果我没遇见切斯特的话,他肯定能追到我。"

"是啊,但你听我说,"梅朵·威尔逊边说边不停点着头,"你至少没有嫁给他。"

"我知道我没有嫁给他。"

"嗯,我却嫁给了他,"梅朵含糊地说了句,"而这就是我们俩处境的不同之处。"

"你为什么嫁给他,梅朵?"凯瑟琳问道,"没有人逼你啊。"

梅朵想了想。

"那是因为我嫁给他的时候,觉得他是一位绅士,"她最终说道,"我原以为他多少懂点儿教养,但他连给我舔鞋子都不配。"

"你有一阵子疯狂地迷恋着他。"凯瑟琳说道。

"疯狂地迷恋着他?!"梅朵不敢相信地大声嚷道,"谁说我疯狂地迷恋着他?我对他的疯狂迷恋程度还不如我对那边那个男人的疯狂程度高。"

她突然指向我,而其他人也都责难般地看向我。我试图通过我的表情和动作,表示我从不期待这样的爱慕。

"我唯一一次对他感到疯狂时，就是当我嫁给他的时候。我立马就意识到我犯了一个错。他向别人借了一套最好的礼服，参加了婚礼，却一直瞒着我。之后一天，他不在家的时候，那个人上门来取礼服。'啊，这是你的礼服？'我说，'我还是第一次听说这件事。'但我还是把它还给了那个人，然后倒在床上，放声大哭了整个下午。"

"她确实应该离开他，"凯瑟琳接着对我说道，"他们已经在那个修车铺里住了十一年了。而汤姆是她的第一个情人。"

那瓶威士忌酒——已是第二瓶了——正被所有在场者不停地倒入杯中。唯独凯瑟琳没倒，她觉得就算不喝，也能沉醉其中。汤姆打电话给看门人，打发他去买些有名的三明治，作为全部的晚饭餐食。我想出去走走，在柔和的暮光中，朝东行至公园。可是，每当我试图出发时，我都被卷入一些乱哄哄的刺耳争吵中。它们犹如用了绳索一般，将我拉回到椅子之上。但房子那一排高高立于城市之上的黄色窗户一定已经将它们知晓的那一份人类秘密分享给了那位行走于幽暗街道上的偶然过客。我也看到了他，他抬头向上看着，对上方的事情感到好奇。我既置身其中，又置身事外，对生命的无穷变化感到着迷，也对它感到厌恶。

梅朵将她的椅子朝我拉近了些，突然间，她温暖的呼吸向我涌来，将她与汤姆第一次相见的故事向我倾倒。

"它发生在两张相对着的窄椅上，就是火车上总剩下来的那种空座。我那时正要去纽约看我妹妹，和她一起过夜。他穿着一身晚礼服和一双漆皮鞋,这让我止不住地看向他,但每当他看着我时,我又不得不假装正在盯着他头顶上的广告看。当我们进站时,他就在我身旁,他的白色衬衫前襟贴着我的手臂,我告诉他我会报警的,但他知道我是在撒谎。而当我与他一起坐上出租车时,我感到很兴奋,几乎没发现我坐的并非地铁。我不断想着——一遍又一遍地——'你没法长命百岁,你没法长命百岁。'"

她转向麦基太太,屋子里充满了她的做作笑声。

"亲爱的,"她叫道,"我一把这条裙子脱下来,就把它送给你。我明天就去买一条新的。我要把我想要的东西列成一张清单。做个按摩,烫个头发,给狗买个项圈,还要一个那种带弹簧的可爱小烟灰缸,再给妈妈的坟墓添个带黑色丝带结的花圈,那可以撑过整个夏天。我一定要列个表,这样我就不会把我想做的事忘了。"

时间已经到了九点钟——之后我看向手表,马上发现时间已转瞬到了十点。麦基先生在椅子上睡着了,他的双拳紧握,置于膝盖之上,这一场景好像一幅实干家的照片。我取出手绢,抹去了他面颊上那已经困扰了我一整个下午的干燥泡沫白点。

那只小狗坐在桌上,双眼盲目地看向烟雾,时不时地低声呜咽。人们消失,又再次出现,计划着去某一个地方,却又迷失了彼此,寻找着彼此,并在几步之外发现对方。接近午夜时分,汤姆·布坎南和威尔逊太太面对面站着,正激动地商量着她是否有权利说黛茜的名字。

"黛茜！黛茜！黛茜！"威尔逊太太喊道，"我想说的时候就会说！黛茜！黛——"

在一个简短而熟练的动作后，汤姆·布坎南一巴掌打破了她的鼻子。

然后，浴室地板上就有了沾血的毛巾和女人的破口大骂声，如同出现在一片混沌之上的痛哭哀号，长长久久，断断续续。麦基先生从他的小憩中醒来，迷迷糊糊地向门口跑去。跑到半路，他转过身来，注视着面前的景象——他的妻子和凯瑟琳在拥挤的家具间磕磕绊绊地走来走去，手里拿着急救用品，嘴上一会儿骂骂咧咧地喊着，一会儿却说了安慰的话语，而沙发上那个绝望的人则不停地流着鼻血，正试图将一本《城镇闲谈》摊开，盖住织锦椅套上的凡尔赛宫风景。麦基先生随后转过身，继续往门外跑。而我从吊灯上取下帽子，跟了出去。

"哪天来吃个午饭。"他建议道，此时我们正在嗡嗡作响的电梯中，向下降。

"在哪儿？"

"哪儿都可以。"

"不要碰开关。"电梯服务员突然不耐烦地呵斥。

"不好意思，"麦基先生不失尊严地说道，"我不知道自己碰了它。"

"好吧，"我同意地答道，"我很乐意共进午餐。"

我站在他的床边，而他正坐在被子上，下身穿着一条内裤，手上则捧着一本大相册。

《美女与野兽》……《孤独》……《杂货铺老马》……《布鲁克林大桥》……

然后，我半梦半醒地躺在了冰冷的宾夕法尼亚站低层平台，盯着早上的《论坛报》[①]，等着四点钟的火车。

[①] 纽约市的报纸，后发展为《先驱论坛报》。

Chapter 3

第三章

整个夏天，每天晚上都有音乐声从我家邻居的宅子中传来。在他那座蓝色的花园中，男男女女来来往往，如飞蛾一般，穿梭于低声轻谈、香槟美酒和点点繁星之间。在下午大潮涨起时，我看到他的几位宾客或是从筏塔上纵身一跃，跳入水中，或是在他家沙滩的炙热沙子上晒着太阳。与此同时，他的两艘摩托艇划破长岛海湾的水面，拉着滑水板翻越着满是泡沫的急流。每到周末，他的劳斯莱斯汽车就成了公共汽车，驮着来参加聚会的人们往返于城市和宅子之间，从早上九点到午夜之后良久皆是如此。而他的车站接驳车就像一只敏捷的黄色小虫，来回奔跑，迎接着所有班次的火车。而每个周一，包括一名花匠在内的八位仆人要辛苦工作一天，用拖把、硬毛刷、锤子和园艺剪刀，修复前一夜的破坏情况。

每逢周五，一家纽约的水果商总会送来五箱橙子和柠檬——而在每个周一，这些橙子和柠檬的果肉均已不见，被切成一半的果皮堆成了一座金字塔状，从后门运走。厨房里有一台机器，只需管家的大拇指在一个小开关上按压两百次，它可以在半个小时内榨出两百个橙子的果汁。

至少每两周，一群宴会筹办者就会带着几百英尺的帆布和足够多的彩灯过来，将盖茨比家的巨大花园装饰成一棵圣诞树。他们用色彩鲜亮的开胃菜、调了香料的烤火腿、五颜六色的沙拉和好似用魔法烤制成暗金色的乳猪和火鸡，满满当当地装饰着一张张自助餐桌。大堂中搭建了一个吧台，它的扶栏是用真黄铜制成的。吧台中摆着各种杜松子酒和烈酒，还有许多早已被人忘却的甜果汁饮料。大多数赴宴的女宾年纪都不大，以至于分不清它们。

乐队在七点钟时到达这里。那可不是单薄的五人小乐团，而是一整队的双簧管、长号、萨克斯、古大提琴、短号、短笛、低音鼓和高音鼓。最后的一批游泳者这时也已从沙滩返回，正在楼上换衣服。从纽约驶来的汽车停在车道上，里外共五层。而大厅、客厅和门廊早已是一片色彩斑斓，充斥着五颜六色的服饰、古怪新奇的发型以及连卡斯提尔人都不曾梦见的披肩。吧台此时正是最忙碌的时候，一轮又一轮的鸡尾酒向外传递，散布在室外花园的各处，直到空气中都活跃着人们的谈话声、欢笑声、随意的玩笑讽刺声、当场就忘记的相互引荐声以及互相不知晓对方姓名的女士们热络的会面谈天声。

随着大地摇摇晃晃地与太阳渐行渐远，灯光也变得越来越亮。此时，乐队正在弹奏黄色鸡尾酒音乐，而那出声音的歌剧也提高了一个音调。随着时间的推进，人们笑得越来越频繁，越来越豪爽，遇到一个让人欢喜的字眼便倾泻而出。人群的组合变化速度越来越快，刚到的宾客加进来，使人群规模增大，随后人群又各自散开，使其恢复到原来的规模。漫游者也已出现，自信的姑娘们穿梭在各处相对稳定的多人群体之间，短暂地成为那一群人的中心，活跃着气氛。随后，她们又高兴地凯旋，在不断变化的灯光下，穿过众多的面孔、声音和色彩。

突然间，在这群"吉卜赛人"中，一位戴着颤动猫眼石珠宝的女士不知从何处抓起一杯鸡尾酒，一饮而尽壮了壮胆，随后便像弗利斯科一样挥舞双手，在帆布舞台上独自纵情舞蹈。在安静了一小会儿后，乐队领班也调整了音乐节奏，殷勤地为她伴奏起来。一条错误的消息也传了开来，认为她是吉尔达·格雷[1]在富丽秀中的替身，这也引起一阵议论。派对也正式开始了。

我相信，在我第一次拜访盖茨比宅子的那个晚上，我是少有的几位真正获邀的宾客之一。人们并未受邀——便直接去了。他们坐上汽车，被带着出城，到达长岛，也不知怎么回事，他们最终都来到盖茨比家的门口。抵达之后，一些认识盖茨比的人便将他们引荐进入。进门后，他们便根据游乐场的行为准则为人处世。有时，他们从抵达后到离开时都未曾与盖茨比见上一面，但他们诚心参加派对的举动便是他们的入场券。

而我收到了真正的邀请。那个周六清晨，一位穿着颜色如知更鸟蛋一般的蓝色制服的司机穿过我的草坪，替他的老板将一封正式得让人惊讶的请柬交给了我，请柬上写道：如果我参加当晚他办的

---

[1] 吉尔达·格雷（1899—1959），无声电影演员和舞蹈演员，依靠百老汇剧目《齐格飞富丽秀》蹿红，成为爵士时代的代表性人物之一。

"小派对"，盖茨比将感到十分荣幸。他曾见过我几次，并早已有登门拜访的打算，但出于一些特殊的缘故，未能成行——签字为杰伊·盖茨比，字迹从容大方。

七点刚过不久，我穿上白色法兰绒套装，走到了他的草坪，不自在地徘徊在一个又一个陌生人的漩涡中——即便四处都有我曾在往返通勤的列车上遇见的面庞。我迅速地注意到分散在四处的英国青年的数量，他们全部衣着整齐，看起来都有些饥渴，正真诚地低声与家境殷实富有的美国人交谈。我想他们一定是在销售着某些东西：债券、保险或汽车。至少，他们痛苦地意识到了发横财的机会就在眼前，并且相信只要说上几句话，就可以成功发财。

我一到盖茨比家，就试图找到它的主人。但在我向两三个人打听他的下落后，他们都惊讶地盯着我看，竭力否认自己知晓他的任何行踪。我只得朝摆放鸡尾酒桌的方向溜去——在花园中，单身汉只有在这一处地方逗留时，才不会显得盲目或孤独。

我感到太尴尬了，正准备一醉方休。这时，乔丹·贝克刚好从房子里走出来，站在大理石阶梯的最上层，身子微微后仰，不屑地俯视着花园。

不论她是否欢迎我，我都觉得很有必要找个人结伴，否则我就要开始找陌生的过客进行友好而诚恳的交谈了。

"你好啊！"我喊道，径直朝她走去。我的声音显得格外大，穿越了整个花园。

"我就知道你应该也来了。"她在我向上走时漫不经心地答道，

"我记得你好像住在隔壁……"

她按惯例拉着我的手,作为她马上再来理会我的承诺,转而去听两位驻足于台阶低层、身着黄色裙子的姑娘的对话。

"你好啊!"她们一起大声说道,"我很遗憾,你最终没能赢下比赛。"

那是在谈高尔夫巡回赛的事。她上周在决赛中败北了。

"你不知道我们俩是谁,"其中一位穿着黄色裙子的姑娘说道,"但我们一个月前在这里曾经见过你。"

"你们这段时间染了头发。"乔丹答道。这让我着实一惊,但那两位姑娘已经随意地走开了,而她的回答就像是说给了初升的月亮听一样。毫无疑问,那轮月亮与晚餐一样,都是出自宴会筹办者的篮子。乔丹纤细的金黄色手臂挽着我的手臂,我们俩走下台阶,在花园中闲逛起来。一盘鸡尾酒穿过暮光,飘浮至我们面前,而我们也在一张桌子处坐下,同桌的还有那两位穿着黄色裙子的姑娘和三位男士,每一位男士都在向我们介绍着自己姓甚名谁。

"你们常来这里的聚会吗?"乔丹问她身旁的姑娘。

"上次来这里就是见到你的那一次。"那位姑娘答道,声音中带着警惕和自信。她转向同伴,问道:"你也是这样吧,露西尔?"

露西尔也是这样。

"我喜欢来这里,"露西尔说道,"我从不用在意我做了什么,所以我总是玩得很开心。我上次来这里的时候,裙子被椅子扯破了,而他问了我的名字和地址——一周之内,我收到了一个包裹,里头是一件新的克洛伊丽尔牌晚礼服。"

"你收下它了吗？"乔丹问道。

"当然了。我本想今晚就穿着它，但衣服胸口那儿尺寸有点大，需要改一改。它的颜色是浅蓝色的，镶着淡紫色的珠子，值二百六十五美元呢。"

"居然有人愿意做这样的事，真是有趣。"另一位姑娘殷切地说道，"他不想与任何人发生矛盾。"

"谁又想呢？"我问道。

"盖茨比。我听说……"

那两位姑娘和乔丹凑到一起，说着私密的悄悄话。

"我听说有一些人认为他曾杀过人。"

惊恐传遍了我们所有人的周身。而那三位不知姓名的男士也倾身，迫切地想听个明白。

"我不认为这事有那么严重。"露西尔质疑地争辩说，"打仗的时候，他多半是个德国间谍。"

其中一位男士点着头，确认这种说法。

"我听一位对他十分了解的人说，他们一同在德国长大。"他十分肯定地向我们保证。

"啊，不对，"第一个姑娘说，"不是这样的，打仗时，他可是在美国军队中服役。"随着我们的信任转回到她那一方，她热情地俯身说道，"你们趁着他以为没人在看他的时候看看他。我敢打赌，他肯定杀过人。"

她眯起眼睛，身子打冷战。露西尔的身子也在打冷战。我们都转动着身体，四下搜索着盖茨比。虽然大家都觉得已经没有多大必要小声地谈论他，但大家依旧低声地讨论着他，这也足以证明他在这个世界所激起的富有浪漫色彩的臆测。

第一顿晚餐——还有一顿晚餐将在午夜后提供——已经准备就绪。乔丹也邀请我加入她的个人聚会，参加者围坐在花园另一头的桌子处，包括三对已婚夫妇和乔丹的男伴。他是一位执着的大学生，爱发表些尖锐的讥讽之语。颇为明显，他还坚定地幻想着，有朝一日，乔丹定会或多或少地倾心于他。这个聚会没有闲谈瞎扯，而是保有一股带着尊严的同质氛围，自以为保持着乡村贵族所特有的稳重——从东卵岛屈尊来到西卵岛，小心翼翼地防卫着此处绚烂的欢乐气氛。

"我们去走走吧，"乔丹轻声说道，此前的半个小时就像在浪费时间，让人感到不自在，"这里对我来说过于儒雅了。"

我们起身，她向大家解释说，我们打算去找主人："我从未见过他。"她说道，这让我感到过意不去。那位大学生点头，有些怀疑，又有些悲伤。

我们最初见到的那个吧台现在人山人海，但盖茨比并不在那儿。她发现他并不在台阶上方，也不在门廊处。我们打算碰碰运气，打开一扇看起来显得重要的大门，走进了一间天花板颇高的哥特式图书馆，里面镶着精雕细刻的英式橡木板，可能是从国外某处废墟中整体运回来的。

一个身材矮胖的中年男人戴着巨大的猫头鹰眼式眼镜，带着醉意，正坐在一张大桌子边上，目光迷离地盯着书架上的书册看着。当我们进入房间时，他激动地转过身来，从头到脚打量了一番乔丹。

"你怎么认为呢？"他鲁莽地问道。

"认为什么？"

他朝那些书架挥舞着手。

"就是那个。其实，也不用劳烦你去查明。我已经查过了。他们都是真的。"

"那些书吗？"

他点点头。

"千真万确——书页和所有东西都在。我原以为它们只是一些好看的耐久硬纸壳子。但事实上，它们都是真的，错不了。书页和……看这儿！让我给你展示一下。"

他坚信我们并未完全相信他的话，匆匆跑到书橱前，拿回了《斯托达德[①]讲座录》的第一卷。

"看哪！"他得意扬扬地喊道，"这是一本印刷版的真本。它蒙了我。这家伙就是个彻头彻尾的贝拉斯科[②]。真了不起。天衣无缝！太逼真了！也知晓何时收手——并没割开书页。但你还想怎么样呢？你还期待什么呢？"

他从我的手上把书夺了回去，迅速将它放回刚才的书架，口中

---

① 指美国作家和演说家约翰·斯托达德（1850—1931）。
② 贝拉斯科（David Belasco, 1853—1931），美国剧作家、舞台经理和制片人。

嘟囔着,如果动了一块砖头,那么整个图书馆就可能倒塌。

"是谁把你领进来的呢?"他问道,"或者,是你自己进来的吗?我是被人领进来的。大多数人都是。"

乔丹警惕地看着他,感到好笑,并未回答。

"我是被一位名叫罗斯福的女士领进来的,"他继续说道,"克劳德·罗斯福太太。你们知道她吗?我昨晚在一个地方遇见了她。我已经像现在这样醉了差不多一周了,我原以为来图书馆坐坐可以帮我醒醒酒。"

"醒了吗?"

"我觉得,醒了点。我也不知道。我到这儿才一个小时。我和你们说过这些书的事吗?它们是真的。它们是……"

"你说过了。"

我们庄重地与他握了握手,然后就走回了室外。

花园中的篷布上正有人跳舞。老男人们推着年轻的姑娘们向后退着,不断地转着并不怎么优雅的圈子。高傲的男女宾客则搂着对方,在角落中跳着时尚的舞步,行进路线弯弯曲曲——而许多单身的姑娘在那儿自顾自地舞动,或去拨弄弹奏乐队的班卓琴和打击乐器,短暂地缓解乐队的压力。午夜时分,欢快的气氛愈加热烈。一位著名的男高音演唱家用意大利语高声歌唱,而一位名声不佳的女低音歌手则唱了一首爵士乐歌曲。在这些曲目间隙,人们也在花园各处表演着自己的"才艺",阵阵欢快而又空洞的笑声飘上了夏夜的天空。那两位穿黄色裙子的姑娘原来是一对舞台姐妹花,她们穿上戏服，上演了一出娃娃戏。客人们喝着香槟酒，酒杯比洗手盅还要大。月亮已经升高，一架三角形的银色天秤浮于长岛海湾之上，伴随着草坪上班卓琴发出的生硬而尖细的嘀嘀嗒嗒声响，微微颤抖。

我还和乔丹·贝克待在一起。我们坐在一张桌子，同桌的还有一个与我年纪相仿的男子和一位吵闹的小女孩。稍作挑逗，她便会失控大笑。我现在还挺开心。两杯洗手盅大小的香槟酒下肚，眼前看到的景象也出现变化，显得别有含义、原始而又寓意深刻。

在娱乐节目的间隙，那个男人看向我，对我微笑。

"你看起来有些面熟。"他彬彬有礼地说道，"打仗的时候，你是在第一师，对吗？"

"嗯，是的。我是第二十八步兵团的。"

"在一九一八年六月前，我在第十六步兵团。我就知道我应该以前在哪儿见过你。"

我们谈论了一会儿潮湿而又灰暗的法国小村庄。他告诉我，他刚买了一架水上飞机，打算在早上试飞一次。显而易见，这表明他就住在这附近。

"想和我一起去吗，老兄？就沿着海湾，在岸边飞一飞。"

"什么时候？"

"都行，你方便的时候都行。"

正当我准备问他的名字时，乔丹看向四周，对我微笑。

"现在觉得开心了吧？"她问道。

"好多了。"我又转向我刚认识的那位朋友，"我感觉这个派对不太寻常。我甚至都还没见到主人。我就住在那边……"我朝着远处已经不可见的树篱挥舞着手臂,"而这个男人,盖茨比,派了一个司机,给我递了一封请柬。"

有那么一会儿,他看着我,好似不太明白我的意思。

"我就是盖茨比。"他突然说道。

"什么!"我惊呼了一声,"啊,实在不好意思。"

"我以为你知道呢,老兄。我恐怕不是一个称职的主人。"

他善解人意地笑着——但他的笑容远不止善解人意。那种少见的笑容具有让人永远安心的特征,你一辈子可能也就能见上四五次。有那么一刹那,它面对着——或者看似面对着——整个永恒的世界,继而专注地看着你,对你带着一分不可抑制的偏爱。它对你的理解恰如其分,与你想要被人理解的程度相同,它对你的信任如同你对自己的信任一样,并且让你感到安心,让你觉得它对你的印象与你想要留给别人的最佳印象完全一致。也正是在那一刻,它消失了——而我正注视着一位优雅而又年轻的壮汉,他三十一二岁,谈吐中透露出刻意的拘礼守节,这几乎让人感觉可笑。过了一会儿,他开始介绍自己,而我明显感觉他在小心地斟酌着自己的用词。

盖茨比先生刚介绍完自己,几乎就在同一时刻,管家急匆匆地走过来,告知他有一通从芝加哥打来的电话需要接听。他向我们微微鞠躬,为自己的失陪,依次向我们每一个人致歉。

"老兄,你要是有任何需要,开口就好。"他对我嘱咐道,"抱歉,我过一会儿再加入你们。"

在他离开后,我立刻转向乔丹——迫使她相信我的惊讶。在我的猜想中,盖茨比先生应该是一位面色红润、身材肥胖的中年男士。

"他是谁?"我问道,"你知道吗?"

"他只是一个名叫盖茨比的男人。"

"我的意思是,他是哪里人?还有,他是干什么的呢?"

"现在你也开始好奇这些问题了?"她边问,边浅笑了一下,"好吧,他曾告诉我,他在牛津大学读过书。"

一个模糊的背景逐渐开始在他身后成型,但又被她的下一句话所驱散。

"不过,我才不相信。"

"你为什么不相信呢?"

"我也不知道,"她固执地说道,"我就是不相信他在那里上过学。"

她语调中的一些东西让我想起了另一个女孩曾说过的那句"我敢打赌,他肯定杀过人",这不禁又激起了我的好奇心。我应该会确信无疑地接受一些说法,例如,盖茨比是从路易斯安那州的沼泽地中或纽约的下东区冒出来的。那是可以让人理解的说辞。但一个年轻人不声不响地从某处突然冒了出来,并在长岛海湾买下了一座豪宅——至少从我一个乡下人浅薄的经验来看,这着实让人难以置信。

"不管怎么样,这些大型派对都是他办的。"乔丹说道,带着城里人对于具体事实的品位,转移了话题,"我喜欢大型派对。它们让我感到自己有个人的空间。而小型派对几乎没有隐私可言。"

一阵低音鼓声响起,管弦乐队的指挥突然高声发言,他的声音也盖过了花园中如同鹦鹉般的叽叽喳喳声。

"女士们、先生们,"他大声说道,"应盖茨比先生的请求,我们将为各位演奏弗拉迪米尔·妥斯托夫先生的新作,今年五月,这首作品在卡内基音乐厅[1]吸引了不少关注。如果各位读过报纸,就肯定知道它所造成的巨大轰动。"他欢快而又屈尊俯就地笑着,补充了一句说道,"算是轰动吧!"于是,大家都笑了起来。

"这部作品就是,"他起劲地总结道,"弗拉迪米尔·妥斯托夫的《世界爵士乐史》[2]。"

我未能记住妥斯托夫先生所谱的乐曲,因为当它刚被奏响时,我就看到盖茨比独自站在大理石台阶上,带着满意的神情,看向一群又一群宾客。他的皮肤被阳光晒成了褐色,紧绷在他的脸上,充满魅力。他的短发看似也每天被修剪过。从他身上,我看不出任何阴险凶恶之气。我好奇是否由于他不在喝酒这一情况将他区别于了其他的宾客。因为,在我看来,随着友爱的欢乐气氛不断升高,他变得越来越体面得体。当《世界爵士乐史》演奏完毕时,姑娘们纷纷将头靠在男士们的肩头,如同欢快的小狗一般。她们甚至成群结队地顽皮后仰,晕倒入男士们的怀抱,知晓某人定会扶住她们,不

---

[1] 地处曼哈顿的著名音乐演奏厅,由美国钢铁大王安德鲁·卡内基(1835—1919)创建。

[2] 弗拉迪米尔·妥斯托夫的《世界爵士乐史》,虚构名。

让她们跌倒——但没有人后仰晕倒向盖茨比,也没有法式短发触碰到盖茨比的肩膀,更没有人将盖茨比也拉入声乐四重唱,使他成为其中一员。

"对不起。"

盖茨比的管家突然过来,站在我俩旁边。

"是贝克小姐吗?"他问道,"抱歉,但盖茨比先生想和您单独谈谈。"

"和我吗?"她惊讶地大声说道。

"是的,小姐。"

她缓缓站起身,双眉扬起,惊讶地看向我,随即跟着管家走进屋内。我才注意到她身着一件晚礼服,全套晚礼服,它就像一套运动服——她的动作中透着一股活泼俏皮,好似她在那些清爽的清晨,初次学习在高尔夫球场上踱步一样。

我一个人待到了差不多两点钟。其间,混乱而又让人好奇的声响从悬在阳台的一个带有多扇窗户的狭长房间中传出。乔丹的那位大学生朋友正和两位歌舞团女演员聊着妇产科的话题,他恳求我也加入他的谈论,但为了躲避他,我走进了屋内。

偌大的屋子中都是人。其中一位穿黄色裙子的姑娘正在弹钢琴,在她身旁站着一位身材高挑的红头发妙龄女郎。这位女郎来自一家著名的歌舞团,正在唱着歌。她喝了不少香槟酒,这使她在歌唱的过程中不合时宜地认定一切都是非常非常悲伤的——她一边唱着歌,还一边落着泪。每当那首歌中途停顿时,她都用喘息和啜泣将它们填满,随后继续用颤动的女高音唱着那首抒情曲。泪水从她的面颊流下——可流得并不顺畅,因为当它们触及她睫毛处的浓厚眼线时,便会染上如墨水般的颜色,在余下的前进路线上变成缓缓流动的黑色溪流。有人提出了一条幽默的建议,请她唱出自己脸上的音符,她随即双手一扬,陷坐在一张椅子上,带着醉意,沉沉地睡去。

"她刚和一位她声称是自己丈夫的男人吵了一架。"我胳膊肘旁的一位姑娘解释道。

我看向四周。大多数还在场的女士都在和她们声称是自己丈夫的男士争吵着。甚至乔丹的那些从东卵岛来的朋友也因为意见分歧而分崩离析。其中一位男士正与一位年轻的女演员聊得火热,而他的妻子起初还试图保持端庄姿态,对此漠不关心地一笑置之,但随后她彻底崩溃,决意采取侧翼攻击——在他俩谈话的间隙,她突然出现在他的身侧,犹如一条愤怒的响尾蛇,对他咝咝耳语,说道:"你可是保证过的!"

不愿回家这件事并不只是局限于那些任性的男士中。门厅此刻就正被两对未醉酒的可悲男士和他们愤愤不平的妻子所占据。那两位女士惺惺相惜,略微提高嗓门对彼此说着同情对方的话语。

"只要他看见我玩得开心,就想要回家。"

"我这辈子都没听过这么自私的事。"

"我们总是走得最早。"

"我们也是。"

"哼,今晚我们几乎就是最晚离开的,"其中一位男士怯懦地说道,"连乐队都走了半个小时了。"

虽然两位妻子都不敢相信自己的夫君竟有这般恶毒,但这场纠纷很快便在一阵短促的挣扎中结束。她们俩都被抬了起来,双脚乱踢,消失在了夜色中。

当我在门厅处等待领取帽子时,图书馆的门终于被打开了,乔丹·贝克和盖茨比一齐从里头走了出来。他还在向她说着一些什么,但他举止中的热切迅速地绷紧,回归到庄重,原来是一些人朝他走去,与他道别。

乔丹的朋友们在门廊处不耐烦地招呼她,但她还是停留了一会儿,与我握手话别。

"我刚刚听说了一件最让人意外的事。"她低声说道,"我们在那里头待了多久呢?"

"呃,大约一个小时吧。"

"这……简直太让人意外了,"她出神地重复道,"但我已经发誓,我不会将它说出去,我也只是在这儿逗你玩。"她在我面前优雅地打了个哈欠,"请来找我……电话簿……找那个叫西格妮·霍华德太太的名字……我姑妈……"她说着,便匆匆地离去——在她融入门口的那些朋友中时,她挥动棕色的手臂,欢快地向我作别。

第一次拜访就待到这么迟,我对此感到颇为不好意思。因此,我也加入那最后一群围在盖茨比先生周围的宾客中。我想要向他解释一番,其实我在当晚早些时候就在寻找他,并且为没能在花园中将他认出报以歉意。

65

"别提了，"他急忙嘱咐我，"别再纠结于这些事，老兄。"这句让人感到亲近的话语之后紧跟着一个让人更加亲近的动作，他抬手，拍了拍我的肩头，试图让我感到宽慰，"另外，别忘了明天上午九点我们还要开水上飞机，上去转转。"

此后，他的管家从他的肩后对他说道："老爷，你有一个从费城打来的电话。"

"好的，稍等一会儿。告诉他们，我马上就过去……晚安。"

"晚安。"

"晚安。"他微笑着——我突然间也似乎觉察到成为最后一批离开的宾客所具有的可喜之处，好像这也正是他所一直期待的结局。"晚安，老兄……晚安。"

但当我走下阶梯时，我看见这个夜晚并未完全结束。在门外五十英尺处，十几只车头灯照亮了一个奇异而混乱的场景。路边的沟渠里斜着一辆崭新的双座跑车，它刚离开盖茨比的府邸，开了不到两分钟，便遭遇了猛烈的撞击，右侧车身朝上，一个轮子也被撞掉了。墙上的一处突出物致使那个轮胎分了家，而六位好奇的司机此时正关注着这个景象。可当他们离开各自的汽车时，路就被堵了，堵在后头的汽车也发出了刺耳嘈杂的吵闹声，持续了好一会儿，使原本已经混乱不堪的现场变得更混乱了。

一位穿着长风衣的男士从损毁的车体中出来，正站在道路的中间，讨喜而又困惑地看看车，又看看轮胎，再看向围观的人群。

"看啊！"他解释道，"它开到沟里头去了。"

他对于这个事实感到无限的惊讶。起先,我从他的话语中识别出了不寻常的惊讶特质。随后,我认出了那位先生——他就是之前出现在盖茨比家图书馆中的那位宾客。

"它是怎么发生的呢?"

他耸了耸肩。

"我对机械一窍不通。"他明确地说道。

"但怎么会这样?你撞到墙上了吗?"

"别问我,"猫头鹰眼①先生说道,把事推得一干二净,"我对驾驶知之甚少——几乎就是一无所知。它发生了,那就是我知道的一切。"

"好吧,如果你驾驶技术不佳,就不应该在晚上试着开车。"

"可我甚至连试都没试,"他生气地解释道,"我甚至连试都没试。"

旁观者们皆是惊讶,一阵寂静。

"你是想自杀吗?"

"你运气好,只掉了一个车轮子!糟糕的司机,甚至连试都没试!"

"你们不明白啊,"他解释道,"车不是我开的。还有另一个人在车里。"

在他做出这一声明后,众人一惊,而随着车门缓缓打开,人群

---

① 叙事者给出车祸男士起的外号,他戴眼镜的样子像猫头鹰。

67

进而发出一连串"啊——啊——啊"的感叹。人群——现在已是人群——不由自主地往后退去,而当车门彻底打开后,便是一阵可怕的停顿。在那之后,一个面色苍白的人从损毁的车体中一点点现身,慢慢悠悠、摇摇晃晃地爬出汽车,用一只巨大而犹豫不决的舞蹈鞋试探性地踩了踩地面。

那个"幽灵"被那些车头灯射出的亮光晃得什么也看不见,对车喇叭持续发出的抱怨声也感到困惑。他在那儿站了一会儿,身子摇摇晃晃,直至他看到那位穿风衣的男士。

"怎么回事啊?"他平静地问道,"我们没油了吗?"

"看!"

五六个人用手指指向那个掉下来的轮子——他盯着它看了一会儿,然后看向天空,似乎怀疑它是从天而降的。

"它掉了。"某人解释道。

他点点头。

"起先,我还没注意到我们已经停下来了。"

在停顿片刻后,他长长地吸了一口气,正了正肩膀,然后声音坚定地说道:"有人能告诉我在哪里有加油站吗?"

至少有十二位男士——他们中的一些人情况比他好一些——向他解释道,轮子和车之间已不再存在任何实质的连接物了。

"倒出来,"他过了一会儿建议道,"把它倒出来。"

"但轮子掉了啊!"

他坚持着自己的看法。

"试一试也没什么坏处啊。"他说道。

刺耳尖厉的汽车喇叭声达到了高潮,我转过身,穿过草坪,抄着近路往家走去。我一度回过头看向后方。一轮圆月在盖茨比家上方的天空闪耀,使这一晚与往常一样美好,也使从他家里依旧闪烁着光彩的花园中传出的欢笑和声音留存了下来。一阵突如其来的空虚似乎正从窗户和大门处蔓延而出,将彻底的孤独赋予了那如主人般的身影。他站在门廊处,正式地向我举手道别。

读了我目前所写的内容,我发现自己给人留下了一个印象,好像发生在那间隔了几周的三个晚上的事情就是我这段时间关心的一切。恰恰相反,它们在这个繁忙的夏天中,只算得上一些临时发生的小事。在之后的很长时间内,我都在忙自己的事情,没再关心它们。

我大部分时间都在工作。清晨的太阳将我的影子投向西边,而我也匆匆沿着纽约下城区的白色间隙,去往普罗比特信托①公司。我与其他职员和年轻的债券推销员们熟悉起来,到了直呼他们名字的程度,同他们一起在灰暗而拥挤的餐馆里吃午餐,吃点猪肉小香肠和土豆泥,喝点咖啡。我甚至与一位姑娘有了一段时间不长的风流韵事。她住在泽西市,在会计部门工作。但她哥哥向我投来刻薄的表情。因此,当她七月去度假时,我悄悄地与她分手了。

---

① 虚构公司名,字面意为正直、诚实。

我常在耶鲁俱乐部①吃晚饭——不知为何，它总是我一天中最忧伤的时刻——然后便去楼上的图书馆，在那里认真地学习一个小时，研究投资和证券知识。那个地方一般总会有几个暴徒，但他们从来不去图书馆，所以那也是个学习的好地方。在那之后，如果夜色不错，我就沿着麦迪逊大道散步，经过古老的穆雷山饭店，穿过三十三大街，到达宾夕法尼亚车站。

我开始喜欢上纽约，喜欢它在夜晚中给人带来的活泼而又新奇的感觉，喜欢焦躁不安的眼睛传来的满足感，喜欢目睹着男男女女和各类机器持续不断地闪烁着光芒。我喜欢走在第五大道上，从人群中发现浪漫的女士，想象我在几分钟之后就将步入她们的生活，而且不会有人知道或反对。有时候，在我脑中，我跟着她们去了隐匿的街角，回到了她们位于此处的公寓，然后她们转过身，在向我报以微笑后，便消失在门后，进入那温暖的黑暗。在那被施了法的都市暮光中，我有时感到一阵孤独萦绕心头，也体会到了别人的孤独——可怜的年轻职员在橱窗前徘徊，等待吃上一份餐馆的单人晚餐——傍晚时分，年轻的职员们虚度了夜晚和人生中最让人感到惋惜的时光。

同样在八点钟，那几条四十多号大街的昏暗巷子中出现了五排悸动不安的出租车，准备驶向剧院区，这时我心中感到一阵失落。在出租车等待通行时，车中的人影依偎在一起，话声如歌，虽然不

---

① 地处曼哈顿，是一个为耶鲁师生和校友开办的私人俱乐部。

知道他们在说什么笑话，却可以听见他们的笑声，而被点燃的香烟发出的亮光在车子里画着不知何意的圆圈。我想象着自己也正赶往加入那份欢娱，分享他们亲密的骚动，祝福他们。

我已有段日子没有见过乔丹·贝克了，但在仲夏的那段时间我再一次见到了她。起先，我对于能和她一起出行感到得意，因为她是高尔夫球冠军，大家都知道她的名字。后来，这种情绪变得复杂。我并不是爱上了她，但我产生了和善的好奇感。她向世界展示的那张脸，显示了她的无聊和高傲，但那张脸隐藏了一些事——大多数矫揉造作的行为最终都隐藏了些事情，即便它们最初并无此意——有一天，我终于发现了那些事到底是什么。当我们一起去沃里克参加乡村府邸聚会时，她把一辆借来的车子没关上车篷就停在了雨中，此后她还试图在这件事情上撒谎——我突然想起了那晚在黛茜家中听闻的一则关于她的故事。她第一次参加大型高尔夫巡回赛时，发生了一起纠纷，还差点登了报——有人暗示她在半决赛中将球从不利的球位上挪开。这件事差点就成了丑闻，随即逐渐平息。一位球童撤回了他的陈述，而仅有的另一位目击者也承认自己可能看错了。我一直记得这件事和与它关联的名字。

乔丹·贝克以往本能地回避着聪明和敏锐的男士，我现在明白了其中缘由，她觉得立在那些不可能有越轨行为的人中会增加她的安全感。她的不诚实已让她不可救药。她无法容忍自己处于不利位置，而基于这种情况，我猜她小时候就已经开始经营各种诡计托词，以便在面对世界时保持那副冷酷傲慢的笑容，也让她那健硕活泼的身体得到满足。

我并不在意这些。你永远不会严厉地责怪女人的不诚实——我有时对此感到遗憾，但一会儿就把它忘了。也正是在那次乡村府邸聚会中，我们有过一次关于开车的奇特对话。起因是她开车经过几名工人时间距不足，致使我们的挡泥板刮到了其中一名工人的大衣纽扣。

"你可真是个糟糕的司机，"我抗议道，"你要么应该更小心些，那么干脆就别开车。"

"我很小心啊。"

"不，你不小心。"

"好吧，其他人会小心的。"她不在乎地说道。

"其他人和这事有关系吗？"

"他们可以不出现在我前进的道路上啊，"她固执地说道，"一个巴掌可拍不响。"

"要是你遇见了一个和你一样不小心的人呢？"

"我希望我永远都不会遇见，"她答道，"我讨厌不小心的人。这也是我喜欢你的原因。"

她那对灰色的眼睛直直地看向前方，眼睛周围的皮肤由于太阳的照射绷得紧紧的。但她已经刻意地改变了我们的关系，有那么一刻，我觉得我爱上了她。可我思维缓慢，心中充满了规矩法则，它们刹停了我的欲望。我明白我必须先从老家的纠葛中抽身出来。我每周都还给老家的那位姑娘写信，信中的署名依旧是"爱你的尼克"。我现在对她的全部记忆仅是她在打网球时上嘴唇处出现的汗珠，模模糊糊，好似胡须。即便如此，我得先巧妙地打破我俩之间那模糊的默契，只有这样，我才算得上自由。

每一个人都觉得自己具有至少一种重要的美德，而这就是我的美德：在我认识的人中，诚实的人很少，而我正是其中一个。

Chapter 4

第四章

星期天上午,教堂的钟声响彻海湾沿岸的村庄,世界和它的情人也回到了盖茨比的宅子,在草坪上欢快地闪耀光彩。

"他是个私酒贩子。"年轻的女士们一边说着,一边还在他家的鸡尾酒与花间某处走动,"有一次他杀了一个人,那个人发现了他是冯·兴登堡①的侄子,魔鬼的远房表亲。亲爱的,帮我拿一朵玫瑰,再把那酒全倒进我的水晶酒杯。"

我曾经在一张列车时刻表的空白处写下了那个夏天到过盖茨比家的人的名字。现在那张时刻表已经旧了,折叠处也开裂了,它的上方写着"此表自一九二二年七月五日起生效",但我依旧能够看见那些灰色的名字,它们给你留下的印象将比我的笼统概括要好。他们接受了盖茨比的款待,却对他一无所知,这般回敬着实微妙。

那时,从东卵岛来的人有切斯特·贝克斯夫妇、李奇夫妇、一个叫布森的耶鲁旧识,以及韦伯斯特·西威特医生,他去年夏天在缅因州溺水身亡了。还有霍恩比姆夫妇、威利·伏尔泰夫妇和布莱

---

① 保罗·冯·兴登堡(Paul von Hindenburg,1847—1934),德国军事家,曾任德军总参谋长、陆军元帅以及魏玛共和国第二任总统。

克巴德全家,他们总是在角落聚集,不论何人走近时,都像山羊似的扬起鼻子。还有伊斯美夫妇、克里斯蒂夫妇(准确地说,是休伯特·奥尔巴赫和克里斯蒂先生的夫人)和埃德加·毕福,他们都说,他的头发不知何故,在一个冬日午后变成了如棉花般的白色。

我记得克莱伦斯·恩笛福也是从东卵岛来的。他只来过一次,穿着一条白色的灯笼裤,和一个叫艾偶的闲人在花园里打了一架。从比东卵岛还远的长岛来过的人有奇德尔夫妇、O. P. R.施力德尔夫妇、乔治亚州的斯通沃尔·杰克逊·亚伯拉姆夫妇、菲诗嘉德夫妇和里普利·斯内尔斯夫妇。斯内尔斯在入狱前三天还来过,喝得烂醉如泥,倒在砾石车道上,右手被尤利西斯·斯威特太太开的车给碾了。丹希夫妇也来过,还有年逾六十的 S. B.怀特拜特,以及毛里斯·A.福林克、汉莫海德夫妇、做烟草进口生意的贝路佳和他的姑娘们。

从西卵岛来的有波尔夫妇、穆尔雷迪夫妇、瑟西·鲁巴克、瑟西·绍恩、州参议员古利克,卓越影业的控股人牛顿·奥吉德、爱克豪斯特和克莱德·科恩,小唐·S.施瓦泽和亚瑟·麦卡锡,他们都与电影业有这样或那样的联系。还有卡特利普夫妇、贝姆伯格夫妇和 G.厄尔·穆东,他的兄弟就是那位后来勒死妻子的穆东。推销商达·冯塔诺也来过这里,还有艾德·莱格罗斯、詹姆斯·B.("劣酒")费雷特、德·容夫妇和恩尼斯特·黎利——他们来这儿赌钱,而每当费雷特去花园溜达,就意味着他刚输了个精光,联合运输公司的股价在第二天会上涨。

一位名叫克里普思普林格的人经常去那里,待的时间也很久,以至于大家只知道他叫"寄宿生"——我怀疑他是否还有其他住处。而戏剧界人士则有古斯·外泽、霍拉斯·奥多纳万、莱斯特·迈尔、乔治·达克维德和弗朗西斯·布尔。从纽约来的人还有克罗姆夫妇、拜克西森夫妇、丹尼克夫妇、拉塞尔·贝蒂、克里冈夫妇、凯勒赫夫妇、杜尔思夫妇、斯库里夫妇、S.W.贝尔彻、斯莫克夫妇、当时年轻而现下已经离异的奎恩夫妇,还有亨利·L.帕尔梅托,他后来在时代广场跳向一列驶来的地铁自杀了。

本尼·麦克莱纳汉总是带着四位姑娘到这儿。每次带的人都不一样,但她们又长得一模一样,以至于总让人觉得她们以前曾经来过。我已经记不得她们叫什么了——好像叫杰奎琳,可能也叫孔秀拉、格劳丽亚、朱迪或琼,她们的姓氏要么是悦耳的花名或月份,要么就是那些了不起的美国资本家庄严的姓氏,如果追问,她们便会承认自己是他们的表妹。

除了这些人之外,我记得福斯蒂娜·奥布莱恩也至少来过一次,还有伯戴克家的姑娘们、鼻子在战争中被打掉的小布鲁尔、阿尔布鲁克斯伯格先生和他的未婚妻海格小姐、阿迪塔·菲茨·皮特斯、前美国退役军人协会主席P.朱伊特先生、克劳迪娅·西普小姐和一位被称为她私人司机的男士,还有一位某国的亲王,我们称他为公爵,就算我曾知道他的名字,现在也已忘记了。

所有的这些人在那个夏天都来过盖茨比的宅子。

在七月末的一天,早晨九点钟时,盖茨比的豪车沿着颠簸的石子路,开到了我家门口。它的三音喇叭发出了一阵悦耳的响声。这是他第一次上门拜访我,虽然我已经去过他办的两次聚会,坐过他的水上飞机,还在他的热情邀请下,频繁地使用他的海滩。

"早上好啊,老兄。你今天和我一起吃午饭,我想我们可以一起开车进城去。"

他在车子的挡泥板上保持着平衡,动作机敏,有着典型的美式风格——我猜想,那是因为年少时不曾干过重活儿,更有可能源于我们偶尔参加的那些紧张的游戏,它们培养出了无形的优雅。这种特质化为焦躁不安,不断地突破着他举止中的循规蹈矩。他从不曾静止,总是这儿跺跺,那儿跺跺,或一只手不耐烦地攥紧拳头和摊开手掌。

他看见我正羡慕地看着他的车。

"很漂亮,不是吗,老兄?"他跳下来,让我可以看得更清楚些,"你是第一次见到它吗?"

我以前见过。每一个人都见过。它呈奶油色,色彩饱满,在镀镍部件的帮助下,闪闪发光。车身奇长,四处鼓起,带有让车主人得意扬扬的帽子盒、晚餐盒和工具盒。车前叠着如迷宫般的挡风玻璃,反射出十几个太阳。我们坐在许多层玻璃后,好像置身于一间绿色的皮革温室,开始向市里进发。

在过去的一个月里,我已和他有过六七次谈话。让我感到失望的是,我发现他说得并不多。因此,我对他的第一印象—— 一位身份不明的重要人物——逐渐消失，而他也已变成一位普通的业主，在我家隔壁拥有一家装潢精致的路边餐馆。

接下来便是那段让人不安的驾驶过程。我们还没到西卵岛，盖茨比就不再继续那些还未说完的优雅句子，用手拍打着他那身焦糖色西装的膝盖处，犹豫不决。

"看着我，老兄，"他突然开口，让人感到惊讶，"总之，你对我怎么看？"

我有些不知所措，笼统地答了些话，恰如其分地回避了他的问题。

"好吧，我将把我的身世和你说说，"他一边打断我的话，一边说道，"我不想让你从那些听来的故事中对我产生错误的认识。"

所以，他知道那些流传于他屋内、为其中的谈话添油加醋的离奇指控。

"老天爷为证，我来告诉你真相。"他突然举起右手，号令神明做好惩戒的准备，"我是中西部一个富有家族的公子——他们都已经去世了。我在美国长大，后来去牛津读的书，因为我家中的长辈们都是在那里读过很长时间的书。这是家庭传统。"

他斜着眼看着我——而我终于知道为何乔丹·贝克坚信他在撒谎。他在说"去牛津读的书"时，语气匆匆，吞吞吐吐，好像这件事之前困扰过他，让他难以启齿。伴随着这个疑点，他的整个陈述也随即土崩瓦解，我怀疑他到底还是做过些邪恶之事。

"中西部的哪个位置？"我随意地问道。

"旧金山①。"

"我明白了。"

"我的家人都去世了,而我继承了一大笔钱。"

他的声音严肃,仿佛关于家族突然消亡的记忆依旧困扰着他。有一阵子,我觉得他是在开玩笑,但在我瞥了他一眼后,我便打消了这个念头。

"在那之后,我像一位年轻的印度邦主一样,生活在欧洲的各个首都城市——巴黎、威尼斯、罗马——收集珠宝,主要是红宝石,猎杀大型动物,偶尔作画,算是自娱自乐,试图忘却以前发生在我身上的悲伤之事。"

在努力之下,我才压抑住自己充满质疑的笑意。那番话太老套了,以至于它只唤起了这样一个画面,一位包着头巾的"人物"在布洛涅森林②中追猎老虎时,全身的毛孔不住地向外漏着碎木屑。

"后来,开始打仗了,老兄。那对我来说,是一次大解脱,我试图努力地求死,但我的命好像被施了魔法一样。开战时,我被委任为中尉。在阿尔贡森林中,我带着机枪营剩下的战士向前冲,到达了一个非常靠前的位置,各个方向上都有长达半英里的缺口,步兵也冲不上来。我们在那里待了两天两夜,一百三十个人带着十六

---

① 美国西部海岸城市。此处,盖茨比宣称自己来自美国中西部地区,却说自己来自一个西部海岸城市。不论这仅仅是个口误还是刻意的欺骗,它都使尼克停顿了片刻。

② 法国巴黎郊外的一处公园。

挺刘易斯机枪,当步兵们最终冲上来的时候,他们在成堆的死尸中找到了隶属于三个德军师的徽章。我也被提拔为了少校,每个盟国的政府都向我颁发了勋章——甚至包括蒙特内格罗[1],亚得里亚海那边的小国蒙特内格罗。"

小国蒙特内格罗!他强调着这几个词,并向它们点了点头——带着微笑。这笑容带着对蒙特内格罗动荡历史的理解,也带着对蒙特内格罗人民英勇斗争的同情。它完全理解蒙特内格罗国内的一系列状况,正是这些状况促使这层敬意从蒙特内格罗的温暖小心脏中升起。此刻,我的质疑已经被幻想所淹没,就像是快速地浏览了十几本杂志后的感觉一样。

他的手伸进口袋,然后一块挂着绶带的金属片便落入了我的手掌。

"这就是那个蒙特内格罗的勋章。"

让我惊讶的是,这东西看起来像真的。"达尼洛勋章[2]",还有一圈铭文写道,"蒙特内格罗,尼古拉斯国王"。

"把它翻过来。"

"杰伊·盖茨比上校,"我读道,"表彰他的非凡勇气。"

"我常带着的另一件东西在这里。一件牛津时光的纪念品。它

---

[1] 在第一次世界大战中加入英、法主导的协约国阵营,与同盟国作战。
[2] 蒙特内格罗王国颁发的勋章,在此处暗示一种戏剧效果。第一次世界大战后,蒙特内格罗王国加入塞尔维亚王国,这也使这枚勋章的真实性存疑。

是在三一学院①拍的——我左边的那个人现在是唐卡斯特伯爵。"

照片上有六个年轻人,他们穿着运动上衣,在一处拱门下游荡,穿过拱门还能望见许多尖顶。里头的盖茨比看起来要年轻些,虽然并未年轻太多——手里握着一把板球拍。

那么,这都是真的了。我看见了老虎的毛皮在他的大运河畔宫殿中发出火焰般的光芒;我看见了他打开一个装满红宝石的箱子,依靠它们鲜红的厚重感,缓解着他那颗破碎了的心中的噬心痛楚。

"我今天想请你帮个大忙,"他一边说着,一边满意地将他的纪念品收进口袋,"所以,我想你也应该了解一下我的一些事。我不想让你觉得我是凭空出现的一个人。你知道的,我经常发现自己身处陌生人之中,因为我四处漂泊,试图忘记那些发生在我身上的悲伤往事。"他犹豫了一下,"今天下午,你会听到的。"

"是在吃午餐的时候吗?"

"不,是今天下午。我偶然得知你打算请贝克小姐出来喝茶。"

"你的意思是你爱上了贝克小姐吗?"

"不,老兄,我没那个意思。但贝克小姐已经慷慨地同意对你讲述这件事。"

我对"这件事"简直一无所知,但我心中的烦恼胜于兴趣。我约乔丹去喝茶,并非为了讨论杰伊·盖茨比先生。我确信这个请求一定十分奇怪,有那么一段时间,我都有些后悔自己踏上了他那片

---

① 牛津大学下属的一个学院。

满满都是人的草坪。

他不再说任何话。随着我们接近城市,他越发地变得端正。我们经过了罗斯福港,在那儿瞥见了周身漆着红色颜料的轮船驶向海洋,然后快速经过一片遍地鹅卵石的贫民区,两旁排列着阴暗的属于已经衰败的二十世纪镀金时代的废弃酒馆。随后,那片满是灰尘的谷地在我们的两侧伸展开来,而我也瞥见威尔逊太太在我们经过时正用力拉着加油泵,充满活力,气喘吁吁。

我们车子的挡泥板像翅膀一样展开,而我们的车灯也将光洒向了半个阿斯托利亚①——只有半个,因为当我们在高架铁路的支撑柱间来回穿梭时,我听到了熟悉的"扎——扎——啪"的摩托车声,一位气急败坏的警官正与我们并驾齐驱。

"好吧,老兄。"盖茨比说道。我们减慢车速。他从皮夹中取出一张白色卡片,在那位警官眼前晃了晃。

"原来是您啊,"那位警官确认道,还稍稍抬了抬帽檐,"下回就记得您了,盖茨比先生。抱歉!"

"那是什么呀?"我问道,"是牛津的照片吗?"

"我曾经帮过警长一个忙,然后他每年都给我寄一张圣诞贺卡。"

大桥之上,阳光从钢梁的间隙中射出,在过往的车辆上留下持续不断的光影交错,而城市也在河对岸升起,像堆白色的物体,也像一块块的方糖,它们的建造皆出于一个愿望,希望资金来源不带

---

① 纽约市皇后区的一个街区。

铜臭味。每每从皇后区大桥看向城市,都犹如初见,它总是向人们许诺着最初的那个疯狂誓言,保证人们知晓这个世界的所有秘密,见识这个世界的所有美景。

一位逝者躺在堆满鲜花的灵车中,灵车从我们身旁驶过,后头跟着两辆拉下帘子的马车,还有几辆比较轻便的马车,载着亲朋好友。他们从车里看向我们,眼神悲伤,有着东南欧人特有的窄上唇。他们在这样阴郁的日子能看到盖茨比的豪华汽车,我为此感到高兴。但我们穿过布莱克维尔岛①时,一辆豪华轿车超过了我们,车由白人司机驾驶,里头坐着三个穿着打扮时髦的黑人,是两个男的和一位姑娘。他们翻着白眼转向我们,看起来高傲且不友善,这把我逗得哈哈大笑。

"我们过了这座桥后,任何事都有可能发生,"我想了想,"任何事都可能……"

所以连盖茨比都可能出现,这也没什么奇怪的。

正午时分,轰鸣吵闹。我在四十二街一家风扇全开的地窖餐馆与盖茨比见面,并共进午餐。我眨着眼睛,缓解外头明亮的街道带来的不适,然后模模糊糊地在前厅中将他认出,他正与另一个人交谈着。

"卡拉威先生,这位是我的朋友,沃尔夫申姆先生。"

---

① 位于曼哈顿和皇后区之间的一个河心岛,现已改名为罗斯福岛。

一位身材矮小、鼻子扁平的犹太人抬起了他硕大的脑袋看着我。他的两个鼻孔中伸出了两撮长势不错的鼻毛。过了一会儿，我才在昏暗中发现他的小眼睛。

"……于是我看了他一眼，"沃尔夫申姆先生说道，诚恳地与我握了手，"你知道我做了什么吗？"

"什么？"我礼貌地问道。

但很明显，他并不是在和我说话。他松开了我的手，用他那善于表达的鼻子对着盖茨比。

"我把钱交给了卡茨鲍夫，然后我说：'好吧，卡茨鲍夫，他要是不闭嘴，一分钱也别付给他。'他立马就把嘴给闭上了。"

盖茨比拉着我们一人一只胳膊，走进了餐馆。于是，沃尔夫申姆先生也把一句即将脱口而出的话咽了回去，陷入了心不在焉的梦游状态。

"嗨棒酒[①]？"服务员领班问道。

"这家餐馆不错，"沃尔夫申姆先生说着，看向了天花板上的长老会仙女们，"但我更喜欢街对面的那一家！"

"对，嗨棒酒，"盖茨比表示同意，然后对沃尔夫申姆先生说，"那家太热了。"

"又热又小——没错，"沃尔夫申姆先生说道，"却充满了回忆。"

"是哪一家呢？"我问道。

[①] 一种鸡尾酒，由威士忌和苏打水调制而成。

"老都会。"

"老都会,"沃尔夫申姆先生伤感地沉思道,"里头的那些朋友死的死,走的走。那些朋友一走就是永别啊。只要我还活着,就忘不了他们毙了洛西·罗森塔尔[①]的那个晚上。我们六个人坐在桌上,洛西整晚都在大吃大喝。几乎快到早上的时候,服务员表情滑稽地走到他那儿,说是有人想在外头和他说几句话。'好吧。'洛西说,然后开始起身,而我一把将他拉回座椅上:'如果他们要来找你,洛西,就让那帮杂种进来,到这儿。就算帮我个忙,不要到房间外头去。'

"那会儿是早上四点钟,如果我们把帘子拉起,就能看到日光。"

"那他去了吗?"我天真地问道。

"他当然去了。"沃尔夫申姆先生的鼻子愤怒地朝我动了动,"他到门口的时候转过身,说:'别让服务员收走了我的咖啡!'然后他走出去,上了人行道。他们朝他的大肚子射了三枪,然后就开车跑了。"

"他们中有四个人被处以电刑。"我说道,记起了一些事情。

"五个,还有贝克。"他的鼻孔转向我,表示兴趣,"我明白,你是在寻找商业关系。"

这两句话并在一起,把我吓了一跳。而盖茨比也代我做了回答:

"噢,不是,"他大声说道,"这位不是那个人。"

[①] 指赫尔曼·罗森塔尔,他于1912年遇刺于曼哈顿的都会饭店。

"不是吗?"沃尔夫申姆先生看起来挺失望。

"这只是位朋友。我告诉过你,我们换个时间谈那件事。"

"请你原谅,"沃尔夫申姆先生说道,"我认错人了。"

一盘鲜嫩多汁的肉丁土豆被端了上来,沃尔夫申姆先生随即开始优雅地大快朵颐,忘却了老都会中感伤的氛围。其间,他的双眼非常缓慢地环视屋内四周——在转身去审视身后的那些人后,他的身体也完成了一个弧形运动。我想,如果我不在场的话,他指不定还会朝我们桌子底下瞥一眼。

"对了,老兄,"盖茨比靠向我说道,"上午在车里,我恐怕是让你有点生气吧。"

又是那副笑容,但这一次,我顶住了。

"我不喜欢故弄玄虚。"我回答道,"我不明白你为什么不能坦诚相见,告诉我你想要做什么。为什么还得把贝克小姐牵涉其中呢?"

"哦,这绝不是什么见不得人的事。"他向我保证道,"贝克小姐是一位优秀的女运动员,你知道的,她绝不会做出任何不妥当的事。"

突然间,他看向自己的手表,跳了起来,匆匆离开了房间,桌上也只剩下我和沃尔夫申姆先生。

"他得去打个电话,"沃尔夫申姆先生说道,双眼看向他,"挺好的一个人,不是吗?外表英俊,一位完美的绅士。"

"是啊。"

"他可是牛津出来的。"

"哦！"

"他以前在英格兰的牛津学院读书。你知道牛津学院吗？"

"我听说过。"

"那可是世界上最有名的学院之一。"

"你认识盖茨比很长时间了吧？"我问道。

"有几年了，"他得意地回答道，"战争结束后不久，我就有幸认识他了。我和他聊了一个小时后，就知道他是一位有教养的人。我对自己说：'这个男人就是你想往家里带并且介绍给你妈妈和妹妹的那种人。'"他停顿了一下，"我看到你在看我的袖扣。"

其实我刚才没有看，但现在确实在看了。它们由几块奇怪的象牙组成，看起来有些眼熟。

"最好的人类臼齿标本。"他告诉我说道。

"哦！"我审视着它们，"这个想法很有意思。"

"是啊。"他迅速地把袖子翻起来，收进他大衣的袖里，"是啊，盖茨比对女人很小心。他从不盯着朋友的老婆看。"

当这位被直觉所信任的对象回到餐桌坐下时，沃尔夫申姆先生将自己的咖啡一饮而尽，站了起来。

"我中午吃得很好，"他说道，"我就不逗留太久了，这就走，免得你们两位年轻人觉得我烦。"

"别着急嘛，迈耶。"盖茨比说道，语气并不热切。沃尔夫申姆先生举起了一只手，像是在祝福。

"你们很有礼貌，但我属于另一代人。"他表情严肃地说道，

"你们坐在这里谈论体育和妙龄女郎,还有……"他又挥了挥手,替代他想不出的那个词,"而我,我已经五十岁了,就不再强行加入你们了。"

他与我们握了握手,转过身去,他那悲剧性的鼻子也开始颤抖。我担心是不是我说了什么冒犯了他的话。

"他有时会变得多愁善感,"盖茨比解释道,"而今天就是他多愁善感的一天。他在纽约可是一位举足轻重的人物——百老汇的地头蛇。"

"好吧,他到底是什么人,是演员吗?"

"不。"

"难道是牙医?"

"迈耶·沃尔夫申姆?不,他是个赌徒。"盖茨比犹豫了片刻,然后淡然地补充了一句道,"他就是在一九一九年操纵了世界棒球联赛的人。"

"操纵了世界棒球联赛?"我重复说道。

这则信息让我感到震惊。我记得,当然了,一九一九年的世界棒球联赛被人操纵了,但如果让我来琢磨这件事,我只会把它视作一次巧合,某些不可避免地发生了的环节的末端。我从没想过一个人居然能够将五千万人的信仰玩弄于股掌之间——态度如同盗贼炸开保险柜时那般坚定。

"他是怎么凑巧做成那件事的呢?"我一分钟后问道。

"他仅仅是看到了机会。"

"那为什么他没有被捕呢?"

"他们抓不住他,老兄。他是个聪明人。"

我坚持要去买单。当服务员将找回的零钱送回时,我看到汤姆·布坎南正穿行在拥挤的房间中。

"跟我过来一下,"我说道,"我要去和另一个人打个招呼。"

当汤姆看见我们时,他跳了起来,朝我们的方向走了五六步。

"你跑到哪里去了?"他迫不及待地问道,"黛茜都生气了,就是因为你连个电话都不打。"

"这位是盖茨比先生,这位是布坎南先生。"

他们简单地握了握手,盖茨比脸上的表情随即显得尴尬而又紧张,让人感到陌生。

"不管怎样,你好吗?"汤姆问我,"你怎么凑巧也来这么远的地方吃饭呢?"

"我来这儿和盖茨比先生共进午餐。"

我转向盖茨比先生,但他已经不在那里了。

一九一七年十月的一天——

(那天下午乔丹·贝克说,当时她身体笔直地坐在广场酒店的品茶花园中一张直靠背的椅子上。)

——我从一个地方走到另一个地方,一半的路程走在人行道上,另一半路程走在草坪上。走在草坪上时,我感到更加开心,因为我穿着一双英格兰产的鞋子,鞋底有许多橡胶圆点,会在柔软的地面上留下压痕。我还穿着一条崭新的格子裙,在风中微微飘扬。只要我的裙子一飘,所有房子前的红白蓝三色旗都会全面展开,发出"嗒——嗒——嗒——嗒"的声响,显得不以为然。

最大的旗帜和最宽的草坪都属于黛茜·费伊家。她刚满十八岁,比我大两岁,那时她是路易斯维尔的年轻女孩中最受欢迎的一位。她身着白衣,有一辆白色的小型敞篷跑车,家里的电话从早响到晚,泰勒营里的年轻军官们个个兴奋,都要求获得与她独处一夜的特权。"怎样都行,一个小时都行!"

那个早晨,当我走到她家对面时,她那辆白色的敞篷跑车正停在路边,车里坐着她和一位我从未谋面的中尉。他们俩全神贯注于彼此,直到我距离他们五英尺时,她才看见我。

"你好啊,乔丹,"她出乎我意料地对我喊道,"请过来。"

在所有的姐姐中,我最崇拜她,所以她想与我说话这事让我感到受宠若惊。她问我是不是打算去红十字会做绷带,我说是。嗯,所以,她问我是否可以告诉他们一声她今天去不了了呢?在她说话的时候,那位军官就看着黛茜,每一位少女都期待能在某个时候被那样的目光注视。我觉得那是个浪漫的场景,所以我到现在都还记得它。他的名字是杰伊·盖茨比,此后四年,我再没见过他——甚至在长岛与他见面后,我都没有意识到他们是同一个人。

那年是一九一七年。第二年,我也有了几个追求者,然后开始参加锦标赛,所以我也不常见到黛茜。她与一群稍微年长些的人交往——如果说她还在和人交往的话。关于她的传闻疯传开来——说是她的妈妈在一个冬夜发现她正在打包行李，准备去纽约与一位即将奔赴海外的军人道别。她的行动被彻底地制止，她也好几个礼拜不和她的家人说上一句话。在那之后，她再也没和军人交往，只和几个因为平足或近视没能参军的小镇青年待在一起。

第二年秋天，她重新快乐起来，就像以往一样。停战后，她第一次参加了社交舞会，而在二月，就有人推测她与一位来自新奥尔良的男士订了婚。六月，她嫁给了来自芝加哥的汤姆·布坎南，婚礼的排场之大，在路易斯维尔前所未有。他带了一百号人过来，包下了四节车厢，租下了穆尔巴赫酒店整整一层楼，在婚礼的前一天送给了她一串价值三十五万美元的珍珠项链。

我是伴娘。在婚宴前半个小时，我进入她的房间，发现她倒在床上。她穿着一条花裙子，样子与六月的夜晚一样美丽，但她醉得像一只猴子，一只手拿着一瓶索甸白葡萄酒，另一只手握着一封信。

"恭喜我吧，"她低声嘟哝着说道，"还从没喝过酒，但，啊，我真喜欢它。"

"发生了什么，黛茜？"

我被吓到了，我和你说。我还从没见过一个姑娘醉成那个样子。

"来这儿，亲爱的。"她把手伸入同在床上的废纸篓中摸索，取出了那串珍珠项链，"把它拿下楼，还给它原来的主人。告诉所有人，黛茜改主意了。就说：'黛茜改主意了！'"

她开始哭泣——她不停地哭啊哭。我冲出房间，找来了她母亲的侍女，然后我们锁上房门，带她去洗了个冷水澡。她怎么都不肯松开那封信。她把它带进了浴缸，把它捏成了一个湿纸团，直到她看见那封信变成了雪花般的碎片，她才肯让我把它放在肥皂缸中。

她没再说过一句话。我们给她闻了氨酊，把冰块放在她的前额，摆弄着她的身子，给她重新穿好衣服。半个小时后，当我们走出房间时，那串珍珠项链已戴在她的脖子上，这件事总算告一段落。第二天五点时，她一个哆嗦都没打，嫁给了汤姆·布坎南，然后就出发去南太平洋，开始了为期三个月的旅行。

在他们回来后，我在圣塔芭芭拉见过他们。我想我还从没见过哪个姑娘像她一样迷恋着自己的丈夫。如果他离开房间一分钟，她就会不安地四处寻找，询问："汤姆去哪儿了？"表情魂不守舍，直到看见他进门为止。她过去常常坐在沙滩上，一坐就是好几个小时，让他的头枕在她的大腿上，用手指揉抚着他的双眼，注视着他，眼神中有着无尽的喜悦。看到他们在一起，我很感动——它让你向往地无声微笑。那时是八月。我离开圣塔芭芭拉之后一个礼拜，汤姆晚上开车在文图拉路[①]撞上了一辆旅行车，把自己的前轮都撞掉了一个。与他在一起的女孩也上了报，因为她断了一条胳膊——她是圣塔芭芭拉酒店的一位客房服务员。

第二年四月，黛茜生下了一个女婴，他们也搬去法国待了一年。有一年春天，我在戛纳见过他们，后来在多维尔[②]也见过一次，然后

[①] 位于美国加利福尼亚州的一条海岸公路，连接着圣塔芭芭拉市和洛杉矶市。
[②] 与前文中的戛纳一样，为法国度假胜地。

他们就搬回芝加哥住下来。黛茜在芝加哥很受欢迎，正如你所知道的。他们与一群浪荡的人交往，他们中的所有人都很年轻、富有和疯狂，但她的名声始终完美无瑕。也许是因为她不喝酒。在一群嗜酒如命的酒鬼中保持滴酒不沾本身就是一个优势。你也可以管住自己的嘴，而且你也可以抓住时机，稍稍违规，而其他人则跟瞎了似的，要么就是没看见，要么就是不关心。也许黛茜根本就没有要发展私情——她的声音中却有着某种东西……

嗯，大概六周之前，她这些年来第一次听到盖茨比这个名字。那个时候，是我问的你——你还记得吗？——你是否认识西卵岛的盖茨比。你走之后，她来到我的房间，把我唤醒，对我说："什么盖茨比？"而当我描述他时——我处在半梦半醒的状态中——她用特别奇怪的声音说，那一定是她曾经认识的男人。直到那时，我才将这个盖茨比和她车中那位军官联系在一起。

当乔丹·贝克说完这一切，我们已经离开广场酒店半个小时了，正坐在一辆维多利亚马车中，穿越中央公园。在西城五十几号街住着电影明星们的高层公寓后，太阳已经落下，而孩童们已经像草地上的蟋蟀一样聚在一起，发出清脆的声音，那声音穿过闷热的暮色，升向天空：

> 我是阿拉伯的酋长①。
>
> 你们的爱皆属于我。
>
> 当你们夜晚沉睡时,
>
> 我将溜进你们的篷帐……

"真是个奇怪的巧合。"我说道。

"但它并不是个巧合。"

"是吗?"

"盖茨比买下那栋宅子,这样黛茜就刚好处在海湾的另一头。"

那么,在那个六月的夜晚,他所渴望的就并不只是那些繁星。他活灵活现地出现在我面前,突然从他那漫无目的的豪华子宫中分娩出来。

"他想知道,"乔丹接着说道,"你是否可以在某个下午邀请黛茜去你家,然后也让他过来一趟。"

这个要求的谦虚程度让我惊讶。他等了五年时间,买了一座庄园,在那里向不经意路过那处的飞蛾发放星光——只为了在某个下午"过来一趟",到访一个陌生人的花园。

"在他做出这个小要求前,我真的需要知道这一切吗?"

"他害怕了,他已经等了那么长时间。他觉得这可能会冒犯到你。你明白的,他骨子里可是非常的强硬。"

---

① 1921 年的一首流行歌曲。

对于一些事，我有些忧虑。

"他为什么不让你安排这次见面呢？"

"他想让她去参观他的房子，"她解释道，"而你的房子正好就在隔壁。"

"哦！"

"我看他已经快等到她在某晚走入其中的一个聚会了，"乔丹继续说道，"但她没去。然后他就开始不经意地问人们是否认识她，而我就是他找到的第一个人。就是那天晚上，他派人在舞会上找到了我，你也该听听他在解释这事时的曲折。当然了，我马上提了一个建议，可以到纽约共进午餐——我想他当时可能生气了：'我可不想做出任何出格的事情！'他反复说道，'我就想在隔壁见她。'

"当我提到你是汤姆特别要好的朋友时，他开始放弃了整个想法。他不太了解汤姆，但他说他已经读了一份芝加哥的报纸好多年，只为了能偶然瞥见黛茜的名字。"

现在天色已暗，当我们下坡驶入一座小桥底部时，我搂住了乔丹的金黄色肩膀，将她拉近我，问她能否与我共进晚餐。突然间，我不再想着黛茜或盖茨比，而只想着这个人，她干净、结实、能力有限、怀疑着一切，她得意地向后靠，正好落入我的臂弯。一句习语开始在我的耳中回荡，有些让人感到冲动和兴奋："唯有被追求的人和追求者，唯有忙碌的人和疲惫不堪者。"

"黛茜的生活应该有些东西。"乔丹对我轻声低语道。

"她想见盖茨比吗？"

"还是先别让她知道。盖茨比不想让她知道。你只需要请她来喝茶就行了。"

我们在阴影中经过一棵棵树和五十九街的门面,一片光射入公园中,柔和而昏暗。我与盖茨比和汤姆·布坎南不同,我没有情人,她们的虚幻脸庞也不会沿着昏暗的檐口和刺眼的招牌飘浮。因此,我将身旁的姑娘拉得更近,将她搂得更紧。她苍白而又常带鄙夷的嘴泛起笑意,而我又将她拉得更近了些,这一次贴到了我的脸上。

Chapter 5
第五章

那晚,当我回到西卵岛时,有那么一瞬间,我担心我的房子着火了。晚上两点钟,整个半岛的这一角被灯光照亮,光亮落在灌木丛上,使它看起来不太真实,光亮还使路旁的电线幻化成闪着光芒的长长细线。转过弯,我才发现原来是盖茨比的房子,从塔楼到地窖都点着灯。

起初,我以为那是一场聚会,一场演变为"捉迷藏"或"寻找沙丁鱼①"的疯狂聚会,整座宅子都为之开放,但寂静无声,只有树间的清风吹动那些电线,使灯光明暗交替,仿佛这座宅子朝黑暗眨了眨眼睛。随着出租车哼哼的轰鸣远去,我看见盖茨比穿过草坪,朝我走来。

"你家看起来就像世界博览会。"我说道。

"是吗?"他心不在焉地转头看了它一眼,"我刚去看了其中

---

① 一种类似捉迷藏的多人游戏。一位游戏者先作为"沙丁鱼"藏起来,其他游戏者则开始寻找藏起来的游戏者。如果有其他游戏者发现藏起来的游戏者,则这位游戏者也变为"沙丁鱼",必须与最初藏起来的游戏者待在这处藏匿点。以此类推,待到倒数第二位游戏者发现这处藏匿点,游戏宣告结束。最后剩下的那位游戏者则成为下一轮游戏的"沙丁鱼"。

的一些房间。我们去科尼岛吧,老兄。坐我的车。"

"太晚了吧。"

"嗯,那么去我游泳池里玩会儿,如何?这一整个夏天,我都还没用过它。"

"我得去睡觉了。"

"好吧。"

他看着我,等了一会儿,眼神中带着被压抑的急切神情望着我。

"我和贝克小姐谈过了。"过了一会儿,我说道,"我明天会打电话给黛茜,请她来我这里喝茶。"

"哦,好啊,"他漫不经心地说道,"我不想让你为难。"

"你哪天方便呢?"

"是你哪天方便。"他迅速地纠正了我的话,"我不想让你为难,你明白的。"

"后天如何?"

他思索了片刻,然后犹豫地说道:"我想修剪一下草坪。"

我们都低头看了看草地——地上有一条明显的分界线,一侧是我那片杂乱的草地,另一侧则是他那片经过精心修剪的深绿色草坪。我猜他指的是我这片草坪。

"还有一件小事。"他不确定地说道,透出犹豫。

"你想要将它推迟几天吗?"我问道。

"哦,与它无关。至少……"他笨嘴拙舌地开了几次头,"嗯,我觉得……嗯,你看啊,老兄,你的收入不高,对吧?"

101

"确实不高。"

这话似乎让他安下心,然后他继续自信地说道。

"我想你应该赚得也不多,如果你能原谅我的……你知道的,我经营着些小生意,算是副业,你明白的。我想如果你的收入不高的话……你在卖债券,对吗?老兄。"

"还在尝试。"

"好吧,这事可能会让你感兴趣。它花不了你太多时间,你还能轻而易举地赚上一笔钱。它还凑巧是一件挺机密的事。"

我现在才意识到,要是当时的情况不是那般,这段对话可能就成了我人生的重要转折点。但忙还没帮,这个好处不免显得突兀且不得体,我别无选择,只得打断他的话。

"我工作上的安排已经满了,"我说道,"虽然我十分感谢你的好意,但我实在无法再接手额外的工作了。"

"你不会和沃尔夫申姆有任何生意上的往来。"显然,他以为我在避讳午餐时提及的那些"关系",但我让他明白了他的想法是错的。他等待了一段更长的时间,希望我能为我俩的对话开个头,但我也心不在焉,未做回应,因此他不太情愿地回家了。

那个夜晚使我感到有些头晕,也让我感到开心。我想我从前门进来后,便边走边进入了沉沉的梦乡。所以,我也不知道盖茨比到底去了科尼岛没有,也不知道在他宅子的闪耀灯光中,他又"看了那些房间"多长时间。第二天上午,我在办公室给黛茜打了电话,邀请她过来喝茶。

"别带汤姆来！"我警告她说道。

"什么？"

"别带汤姆来！"

"'汤姆'是谁啊？"她装作无辜地问道。

在约定的那天，下着大雨。十一点钟时，一个男人穿着雨衣，拖着一架割草机，敲了我家的大门，说是盖茨比先生派他来修剪我的草坪。这事提醒了我，我忘了叫我的芬兰女佣回来。所以我开车去西卵道，在一条条潮湿的白墙小巷中寻找她，顺便买上些杯子、柠檬和鲜花。

那些花显得多余了，因为在两点时，盖茨比家搬来了一座温室花房，还有无数插着鲜花的花盆。一个小时后，前门被紧张地推开，盖茨比穿着一身白色法兰绒西装和银色衬衫，系着金色领带，匆匆走了进来。他面色惨白，双眼下方也透着失眠带来的黑圈。

"一切都还好吗？"他立刻问道。

"草地看起来很棒，如果你是在说它的话。"

"什么草地？"他茫然地问道，"哦，院子里的草地啊。"他透过窗户，向外看去，但通过他的表情判断，我觉得他什么也没看见。

"看起来很好，"他含糊地评论道，"有一份报纸认为雨将在四点钟停止。我想那应该是《纽约日报》。喝茶……喝茶需要的东西都齐了吗？"

我领着他进入了食品储藏室，在那儿他略带责备地看着我的芬兰女佣。我俩一起仔细查看了从熟食店买来的十二块柠檬蛋糕。

"这样可以吗？"我问道。

"当然了，当然了！它们很好！"然后他空洞地补充了一句，"……老兄。"

大约三点半时，雨势减弱，一片潮湿的雾气升腾而起，偶有一些微小的雨滴如水珠般漂游其中。盖茨比眼神空洞，看着克莱的《经济学》，芬兰女佣踩踏厨房地板的脚步声总会把他惊着。他还时不时瞟向模糊的窗户，好像一系列看不见而又让人警觉的事情正在外头上演。最终，他站起身，用不确定的声音对我说，他打算回家了。

"为什么呀？"

"不会有人来喝茶了。时间已经太晚了！"他看着手表，好像别处还有急事，需要他花时间处理，"我不可能等上一整天。"

"别傻了，还有两刻钟才到四点呢。"

他可怜兮兮地坐下，好像是我逼他坐下似的。就在这时，传来了汽车驶进我家小路的声音。我们俩都跳了起来，带着一丝苦恼，我走向屋外的花园。

一辆大型敞篷汽车从车道开了上来，在滴落的水珠中来到还未开花的紫丁香树下。它停了下来。黛茜的面容从一顶淡紫色的三角形帽子下边斜侧着露出，带着开朗而欣喜的笑容看向我。

"我最亲爱的人，这就是你住的地方吗？"

在雨中，她的声音所激荡出的涟漪令人欢喜，使人精神振奋。我可得用我的耳朵，跟随她话语的声音，体会一会儿它的抑扬顿挫，然后再让她的话进去。一缕淋湿的头发像一笔蓝色的油彩般附在了她的脸颊之上,当我搀扶她下车时,她的手也是湿的,满是闪烁的水珠。

"你是爱上我了吗?"她低声在我耳边问道,"不然我为什么非得独自过来呢?"

"那就是拉克伦特城堡①的秘密了。让你的司机开到远处,在那边待上一个小时。"

"一个小时以后再过来吧,费迪。"然后她口吻严肃地小声说道,"他的名字叫费迪。"

"是汽油影响了他的鼻子吗?"

"我觉得不是,"她故作无辜地说道,"怎么了?"

我们进了门。让我震惊的是,起居室里居然空无一人。

"嗯,真有意思。"我大声说道。

"是什么事有意思呀?"

此时从前门处传来了庄重的轻轻敲门声,她随即转过头去。我走过去开了门。盖茨比,面色苍白得如死人般,双手如握着重物般插在自己外套的口袋里,正站在一摊水渍中,悲惨地瞪着我的双眼。

他大步从我身旁经过,走进门厅,双手依旧插在自己外套的口

---

① 小说家玛利亚·埃奇沃思(1767—1849)于1880年出版的短篇小说《拉克伦特堡》。

袋中,然后迅速转了个弯走入起居室,好像在走钢丝一般,消失在我的视线中。这事可一点都不有趣。我意识到了自己心脏传出的怦怦巨响,关上了门,阻隔了外头越下越大的雨。

有半分钟的时间,寂静无声。然后,我听到了起居室中传来的类似哽咽的低语和大笑的声音,随后还听到黛茜那清晰而不自然的声音:"能再次见到你,我真的太高兴了。"

一阵漫长的停顿,让人感到害怕。我在门厅这儿实在无所事事,所以我走进了起居室。

盖茨比的手依旧在口袋中,他已退至壁炉台边,倚靠着它装出一副故作放松的姿态,甚至表现出一副无聊的样子。他仰着头,甚至已经触及壁炉上那座已经不走的钟的表面,从那个位置,他的双眼朝下盯着黛茜,眼神带着慌乱。黛茜则端坐在一张硬椅子的边缘,虽然惊讶但依旧优雅。

"我们已经见过。"盖茨比喃喃而语。他短暂地看了我一眼,而他的嘴唇张合,想笑却又没笑出来。幸运的是,那座钟看准时机,在他脑袋的压迫下,惊险地倾斜了一下。于是,他转过身,用颤抖的手指扶住它,将它摆回原处。然后他坐下,动作有些生硬,将手肘置于沙发的扶手上,再用手托住下颚。

"抱歉,我差点把钟撞倒了。"他说道。

我的脸此刻已经涨得通红,像是在热带地区被晒伤了一样。固然心中有上千句客套话,却一句也说不出口。

"那座钟有些年头了。"我和他们说道,活像个傻瓜。

我想我们有那么一刻都相信那座钟已经在地上摔成了碎片。

"我们好多年没见了。"黛茜说道。事实上,她的声音依旧如常。

"到十一月就整整五年了。"

盖茨比不假思索的回答把气氛又拉了回去,又使我们沉默了至少一分钟时间。出于无奈,我提议他们可以帮我在厨房中备茶,可正当他们站起时,那位恶魔一般的芬兰女佣就端着茶托进来了。

在混乱的欢迎仪式中,我们传递茶杯和蛋糕,某种实质的庄重氛围也逐渐形成。黛茜和我聊天时,盖茨比在阴影处找了个座位,认真地依次看着我俩,眼神紧张而又哀愁。可平静的状态终将被打破,我抓住第一个潜在的契机便起身借口离开。

"你去哪里呀?"盖茨比立刻机警地追问道。

"我会回来的。"

"你离开前,我要和你说些事。"

他发疯似的跟我进了厨房,关上门对我轻声说道:"哦,老天爷啊!"语气凄惨。

"怎么啦?"

"这是个可怕的错误,"他边说边左右摇头,"一个很可怕、很可怕的错误。"

"你只是感到尴尬,仅此而已,"而且幸运的是,我补充道,"黛茜也感到尴尬。"

"她尴尬吗?"他不可置信地重复道。

"和你一模一样。"

"说话别那么大声。"

"你的行为就像个小孩子,"我不耐烦地打断他说道,"不仅如此,你的表现也很无礼。黛茜还一个人坐在那里呢。"

他抬起一只手,不让我再说了,还以我无法忘却的责备眼神看着我,小心地打开门,回到了那间屋子中。

我从后门绕了出去——正如盖茨比在半个小时前所做的一样,紧张地绕着房子转了一圈——跑向一棵长着黑色节疤的大树,树上茂密的叶子交织在一起,挡住了雨水。雨又下大了,我那块参差不齐的草坪虽然经过盖茨比家花匠的悉心修剪,但还是布满了小泥沼和史前草沼。从树下看去,除了盖茨比的巨大宅子,其他什么也看不见。因此,我就盯着它看了半个小时,就像康德盯着教堂尖塔[①]看时一样。它在十年前由一位酿酒商人建造,那时正风行"复古"。据说,他还同意为附近所有的房舍缴纳五年的税赋,只要房主在屋顶上铺上稻草。也许他们的拒绝使他创建家族的计划胎死腹中——他的身体健康也迅速地恶化。当黑色的花圈还在门上时,他的孩子便把房子卖了。虽然愿意甚至渴望成为农奴,但美国人总是更加执拗地拒绝成为农民。

半小时后,太阳再次照耀大地,食品杂货商的车沿着盖茨比家

[①] 曾有民间传闻说,德国哲学家伊曼努尔·康德(1724—1804)在思考时会注视着教堂的尖塔。

的车道转了一个弯，为仆人们带来了做晚餐的原材料——我确信他肯定一口也不吃。一位女仆开始打开楼上的窗户，短暂地出现在每个窗户处，后在正中的一个大窗户探出身来，若有所思地向花园里啐了口唾沫。我该回去了。雨还在下，听起来就像他们的低语声，随着情感的吹拂，时不时地稍稍升高变响。但在这新的沉寂时刻，我感到它降临到了屋内。

我走了进去——在厨房中尽可能地发出声响后，只差把炉子推倒了——但我想他们应该什么也没听进去。他们坐在沙发的两头看着对方，就好像某个问题被提出来，或者悬而未决，所有尴尬的痕迹都已不见。黛茜满脸泪水，当我走进时，她跳了起来，开始在一面镜子前用手帕擦掉眼泪。但盖茨比也有些变化，简直让人感到困惑。他容光焕发，不用只言片语或任何狂喜的动作，他身上却散发出一股崭新的幸福，弥漫在这个小房间里。

"哦，你好啊，老兄。"他说道，仿佛好几年没见过我似的。有一刻，我想他还要和我握手。

"雨停了。"

"是吗？"当他意识到我说的话，看到闪烁在屋内的阳光，他笑得就像个天气预报员，像个重现了亮光的快乐守护者，对着黛茜重复了这则消息，"你觉得如何？雨停了。"

"我很高兴，杰伊。"她的嗓子带着痛苦而酸楚的美感，只将她出乎意料的喜悦道出。

"我要你和黛茜来我家，"他说道，"我想带她参观一圈。"

"你确定你想让我也去吗？"

"当然了，老兄。"

黛茜上楼去洗脸——太晚了，一想到我的毛巾，我就感到丢脸——而盖茨比和我则在草坪上等待。

"我家看起来不错，对吧？"他问道，"你看，它的整个前部都很聚光。"

我表示同意，它确实壮观华丽。

"是啊。"他看向那边，扫过每一扇拱门和每一座方塔，"我花了三年，才有钱买下这座房子。"

"我以为你是继承了这笔钱。"

"确实如此，老兄，"他自然地说道，"但它们中的大多数都折在那场大恐慌中——那场战争恐慌。"

我想他也不知道自己在说什么，因为当我问他所从事的行业时，他回答道："那是我的事。"此后他也意识到那样的回答不太合适。

"嗯，我曾做过很多事，"他纠正着自己，说道，"我做过药品生意，而后做了石油生意。但现在都没在做这两块的生意了。"他看着我，眼中多了几分关注，"你的意思是，你已经考虑过了我那晚的提议吗？"

还未等我回答，黛茜便走出了屋子，裙子上两排铜扣在阳光中闪闪发亮。

"那边的大宅子吗？"她指着它大声说道。

"你喜欢吗？"

"我很喜欢,但我不明白你一个人在那儿是怎么过的。"

"我总是让它充满了有趣的人们,日日夜夜。做有趣事的人们。有名的人们。"

我们并没沿着海湾边走近路过去,而是走向大路,从宽大的后门中穿入。在令人陶醉的低语声中,黛茜称赞着这座在天空映衬下的中世纪剪影的方方面面,称赞着其中的花园,黄水仙的绚烂芬芳,山楂花和李子花冒出泡的清香和金银花的金色的淡香。让人感到奇怪的是,待到达大理石台阶时,我们看不见鲜艳的裙裳进出大门,搅动平静,也听不见任何声响,唯有林间鸟儿在嘤嘤作响。

走入房内,我们穿过一间间玛丽·安托万内特[①]式的音乐室以及王朝复辟时期风格的客厅,我感到宾客们仿佛就藏在每张沙发和桌子之后,收到指令,屏住呼吸,保持安静,直到我们走过去为止。由于盖茨比关上了"莫顿学院图书馆[②]"的门,不然我真可以发誓,自己听到了那位戴着猫头鹰眼式眼镜的男士发出了一声如鬼魂般的笑声。

我们走上楼,穿过复古的卧室,它们被玫瑰色和薰衣草色的丝绸包裹,在新摆上的鲜花中,显得生动活泼。我们还穿过一间间更衣室、台球室和配有浴缸的浴室——闯入了一间卧室,其中一位衣冠

---

① 玛丽·安托万内特(1755—1793),法国国王路易十六的王后,在大革命中被送上断头台。
② 莫顿学院图书馆是牛津大学最古老的图书馆之一。盖茨比在其新家中刻意仿造了这一古老的建筑。

不整的男士穿着睡衣，正在地板上做俯卧撑。那位"寄宿生"正是克里普思普林格先生。那天上午，我曾见他在沙滩上饥饿地闲逛。最终，我们来到了盖茨比自己的套房，带有一个卧室、一个浴室和一间亚当风格①的书房。我们在那里坐下，喝了一杯他从壁柜中取下的查尔特勒酒。

他一刻都未曾把目光从黛茜处挪开。我想，他是在根据那双他深爱的双眼所做出的反馈程度，重新衡量着屋内的一切。有些时候，他也神情迷乱地盯着四周物品看，仿佛它们在她真实而让人惊讶的出现后变得不太真实。有一次，他还差点从楼梯上摔下去。

他的卧室是所有房间里最简洁的一间——除了那处梳妆台，它被一套暗色纯金梳妆用品所装饰。黛茜兴高采烈地拿起头梳，理顺她的头发，盖茨比随后也坐下，用手遮住他的眼睛，开始大笑。

"这是最好笑的事，老兄，"他欢乐地说道，"我没法……但我想要……"

显然，他已经经历了两种状态，正在进入第三种。在经历了局促不安和缺乏理智的喜悦后，对她的出现而产生的惊叹正消耗着他。这个念头已在他脑中很长时间，从始至终想象着它的实现，咬紧牙关地等待着它的实现，这么说吧，达到了一种无法想象的强烈程度。如今，在反作用之下，他就像一座上得过紧的钟，就要停转了。

---

① 由苏格兰设计师和建筑家罗伯特·亚当（1728—1792）与詹姆斯·亚当（1730—1794）创立的设计风格，是18世纪后期英国新古典主义风格的一种。

片刻后，他恢复了理智，为我们打开了两个笨重而抢眼的衣柜，里面装着大量他的西装、睡袍和领带，还有一堆衬衣，如同高高垒起的一堆砖头。

"在英格兰有人为我买衣服。他在春、秋两个季节开始的时候寄来他挑选过的东西。"

他拿出一沓衬衫，开始一件一件地扔到我们的跟前，细薄亚麻布衬衫、丝制厚衬衫和细法兰绒衬衫，在它们落下时，纷纷摊开，覆盖在桌面上，呈现出一片混乱的五颜六色。当我们还在欣赏时，他取出更多的衣服，那座柔软的五彩山堆也被垒得更好——条纹衬衫、花纹图案的衬衫、珊瑚色的格子衬衫、苹果绿色衬衫、淡紫色衬衫和浅橙色衬衫，件件都带有靛蓝色的花押字。突然间，黛茜发出了憔悴的一声，将头埋进了那堆衬衫中，开始情绪激动地大哭起来。

"这些衬衫太美了，"她啜泣地说道，声音被压抑在那堆厚厚的衣物中，"这让我感到悲伤，因为我从没见过这么……这么美丽的衬衫。"

在参观完房子后，我们本来还要去看看院子、游泳池、水上飞机和仲夏的繁花——但雨又开始在盖茨比家窗户外头下了起来，所以我们站成一排，望着海湾中泛起波纹的水面。

"要不是起雾了，我们还能看到你在海湾那头的家，"盖茨比说道，"你家总会亮起一盏绿色的灯，在你家码头的尽头彻夜亮着。"

黛茜的手臂突然挽住了他的手臂，但他似乎还沉浸在他刚才说的话中。也许他意识到了，那道光所具有的巨大意义已在当下永远地消失了。那段距离曾将他和黛茜分隔，相较之下，它似乎与她更为接近，几乎触及了她。它看似月亮旁侧的一颗星星。而如今，它又只是码头上的一盏绿灯了。他为之着迷的事物也减少了一样。

我开始在屋内走动，在半明半暗中检视着各种各样模糊的物件。一张挂在书桌上方墙上的大幅照片吸引了我，照片里有一位穿着游艇装的年长老者。

"这位是谁啊？"

"他吗？他是丹·科迪先生，老兄。"

这个名字听起来有些耳熟。

"他已经去世了。以前，他是我最好的朋友。"

桌面上有一张盖茨比的小照片，其中的他也穿着游艇服——他的头向后仰着，显得叛逆——很明显，这是在他大约十八岁时拍的。

"我很喜欢它，"黛茜惊叹地说道，"那个蓬巴杜发型[①]。你从没告诉过我你留过蓬巴杜发型——也没说过你有游艇的事。"

"你看，"盖茨比迅速地说道，"这里有许多剪报——关于你的。"

他们肩并肩站着，看向它。我正准备说想去看看那些红宝石，电话响了起来，而盖茨比也拿起了听筒。

---

① 一种往上梳拢的发型样式，类似于"大背头"。

"是的……嗯,我现在没法说……我现在没法说,老兄……我说过了,是一个小镇……他肯定知道一个小镇是什么意思……嗯,如果他认为底特律是一个小镇的话,那么他对我们来说就没有用了……"

他挂断了电话。

"快来这边!"黛茜站在窗边大声说道。

雨依旧在下,但西边的乌云已经开始散开。海面上出现了一片粉色和金色的云彩,形态如翻滚着的波涛上的泡沫。

"看那里。"她低声说道,片刻后又说道,"我想得到一片那样的粉色云朵,把你置于上头,推着到处走。"

我试着说我要走了,但他们就是听不到。也许,我的在场使他们的相处能够更加圆满。

"我知道我们将做什么了,"盖茨比说道,"我们可以让克里普思普林格先生弹钢琴。"

他走出房间,大喊了声"尤因",几分钟后,他陪着一位神态尴尬、面容也稍显疲惫的年轻人回来。这位年轻人戴着副玳瑁眼镜,一头金发稀稀拉拉。他现在着装得体,身着一件"运动衫",衣领在脖颈处敞开,下身穿着一双运动鞋和一条颜色模糊的帆布裤子。

"我们打扰了你的锻炼吗?"黛茜礼貌地询问道。

"我正在睡觉,"克里普思普林格先生突然在困惑中大声说道,"就是,我刚才在睡觉。然后我起来了……"

"克里普思普林格会弹钢琴,"盖茨比打断了他的话,说道,"尤因，不是吗，老兄？"

"我弹得不好。我不……我几乎就不弹了。我很久都没练……"

"我们上楼吧，"盖茨比打断了他的话。他拨动了开关。灰暗的窗户突然消失，整个屋子里灯火通明。

在音乐室中，盖茨比打开一盏置于钢琴旁的台灯。他为黛茜点上烟，点烟的火柴颤颤巍巍。然后，他与她坐在房间另一头的沙发上，那边没有亮光，只有锃亮的地板反射出门厅处的昏暗微光。

当克里普思普林格弹完《爱巢》[①]，他在凳子上转了一圈，闷闷不乐地在昏暗处搜寻着盖茨比。

"我很久都没练了，你看。我告诉过你我弹不来。我很久都没练……"

"别说那么多，老兄，"盖茨比命令道，"弹！"

在清晨，
在夜晚，
我们难道不快乐吗……

屋外的风刮得呼呼的，一阵闷雷划过海湾沿线。此刻，西卵岛上所有的灯光都亮着，从纽约驶来的电动火车载着人们，扎进了雨中，朝家的方向驶去。此刻，人性发生着深刻的变化，骚动也在空气中生成。

---

① 1920 年的一首流行歌曲。

> 有一件事毫无疑问，
>
> 富家添财，穷家添子。
>
> 同一时间，
>
> 在此期间……

正当我走过去想要道别时，我看见那种迷乱的表情已经回到了盖茨比脸上，仿佛他对目前的快乐现状产生了一丝淡淡的怀疑。差不多五年的时间啊！肯定在一些时刻，甚至在那个下午，黛茜都曾摔倒在距离他梦想的不远之处——过错并非在她，而是在于他的幻想有着巨大的活力。他的幻想超过了她，超越了一切。他带着具有创造力的热情，将自己抛置其中，不断地增加新的内容，用飘向他的所有光鲜羽毛打扮着它。没有任何烈火或新鲜事物能够挑战一个男人储藏于幽灵般内心中的想法。

显然，当我注视着他时，他稍微调整了一下自己。他握着她的手，而当她低声地在他耳旁说着什么时，他便情绪激动地转向她。我想那声音具有的跌宕起伏和让人激动的温暖牢牢地抓住了他，因为那是梦想所无法企及的东西——那声音是一首不朽的歌曲。

他们已经忘记了我，但黛茜抬头瞥了我一眼，伸出了自己的手，而盖茨比已完全不认识我了。我再次看向他们，而他们也回看向我，仿佛相隔甚远，被强烈的生机所占据。然后，我便走出了房间，下了大理石阶梯，步入雨中，将他们俩留在了那里。

Chapter 6

第六章

大约就在这段时间，一位野心勃勃的年轻纽约记者在一个早晨到达盖茨比家的门口，问他是否有什么要说的。

"是关于什么事情呢？"盖茨比礼貌地回答道。

"嗯——任何想要发表的声明。"

在困惑了五分钟后，事情才终于弄清。原来他总是在办公室中听到盖茨比的名字，传闻盖茨比牵涉一件他要么不愿透露要么无法理解的事件。他今天放假，怀揣着值得让人称赞的进取心，便匆匆地跑出来"看看"。

虽然这只是一次胡乱尝试，但那位记者的直觉是对的。盖茨比的恶名在整个夏天里传扬开来，最终差点让他成了新闻人物。这恶名受到众人传播，而传播者都曾接受过他的款待，俨然成为知晓他过往的权威。当时，诸如"通往加拿大的地下管道"的传奇故事也都与他牵扯上关系，还有一个持续良久的故事，说他并不住在房子里，而是住在一艘看似房子的船上，在长岛海湾沿线秘密地来回移动。只是为何这些编造出来的故事会给来自北达科他州的詹姆斯·盖茨带来满足感，却难以说清。

詹姆斯·盖茨——这才是他的真名，或至少是他法律意义上的名字。在他十七岁时,他改名换姓,那个特殊的时刻也见证了他人生事业的开端——那时,他见到了丹·科迪的游艇在苏必利尔湖中最危险的浅滩上抛了锚。在那个下午,穿着破旧绿色运动衫和帆布裤子的詹姆斯·盖茨本是在海滩边闲逛,但当他借了艘划艇,划向"托洛米"号,告知科迪一场大风可能在半个小时内让他船破人亡时,他已然成了杰伊·盖茨比。

我猜想,甚至在那时,他就已经想好这个名字很长时间了。他的双亲是不思上进、庸庸碌碌的农民——在他的想象中,他从未真正将他们视为父母。事实上,来自长岛地区西卵岛的杰伊·盖茨比托生于他柏拉图式的自我构想。他是上帝之子——如果这个词有任何意义的话,那么其所指的就是它的字面意思——他也必须去从事天父的事业,一种带有广阔、通俗而又华而不实美感的事业。因此,他就创造了类似于杰伊·盖茨比这样的事物,就像一个十七岁男孩有可能创造的东西一样,并在此后忠于这个构想。

此前的一年多时间,他一直在苏必利尔湖南岸沿线无票搭船,做着挖蛤人、三文鱼渔夫或者其他任何能够换得食物和卧寝的工作。在那些让人精神焕发的日子里,他时而狂热工作,时而懒散怠工,这也让他身体黝黑、强壮有力。他很早就尝过女人的滋味,由于她们的宠爱,他逐渐轻视她们。他瞧不上年轻的处女,因为她们无知。他也瞧不上其他女子,因为她们会为一些事变得歇斯底里。而这些事在他充溢着自我沉醉感的眼中,看起来都不是问题。

但他的内心一直处于汹涌的骚动状态。当他晚上躺在床上时,那些怪诞荒唐、奇异美妙的想法就会萦绕于脑际。当时钟在盥洗台上嘀嗒转动，当月亮射下的湿润光线浸泡着他放在地上的纷乱衣物，他的脑中就会持续出现一个妙不可言的华美宇宙。在每一个夜晚，他都会为自己想象的图案增添内容，直到睡意在不知不觉间包围了他，隔绝了这些生动的场景。有一阵子，这些遐思为他的想象力提供了一条出路。它们暗示了现实的不真实性，这也让他感到满意。它们也承诺了这个世界的基石被牢固地立于一个仙子的翅膀之上。

几个月前，一种指向未来荣耀的直觉指引着他来到位于明尼苏达州南部的圣奥拉夫路德教派学院。学院不大，他在那里待了两周，对于自己的远大抱负和命运漠不关心并感到失望，对于他为了支付学杂费而从事的清洁工工作而鄙视。随后，他又游荡回了苏必利尔湖。在丹·科迪的游艇在沿岸浅滩处抛锚的那天，他还是找活儿干。

科迪那时已五十岁，是内华达州银矿区、育空矿区[①]和自一八七五年以来每一次开采金属矿热潮的人物。在蒙大拿州的铜矿交易为他带来了数百万美元的身价，但也展现出他虽身体强健又缺少主见的性格。带着这种猜想，无数女士都试图分割他的财产。女新闻记者艾拉·凯伊利用了他的弱点，不仅成了"曼特农夫人[②]"，还将他支到了海上的一艘游艇上。她施展的那些不体面的伎俩也成为一九一二年那些浮夸的报纸上常见的谈资。他在这片过分热情好

[①] 育空矿区，地处加拿大西北部的金矿。
[②] 曼特农夫人，指曼特农女侯爵（1635—1719），她是法国国王路易十四的第二任妻子。

客的湖滨沿岸航行了五年后，突然在少女湾成为詹姆斯·盖茨的宿命。

年轻的盖茨靠在船桨上，抬头看着栏杆围起的甲板，在他眼中，那艘游艇代表了世上所有的美好和魅力。我猜想，他对着科迪微笑着——他也许也发现，当他微笑时，人们就喜欢他。不论如何，科迪问了他几个问题（其中一个便引出了那个全新的名字），发现他思维敏捷，志向远大。几天后，科迪带着他去到杜鲁斯，给他买了一件蓝色的外套、六条白色的帆布裤子和一顶游艇帽。而当"托洛米"号驶向西印度群岛和巴巴里海岸时，盖茨比也跟着出发了。

他以一种不明确的个人身份被雇用了——当他和科迪同行时，依次干过管家、大副、船长、秘书甚至看守的活儿。由于清醒的丹·科迪知道醉酒的丹·科迪挥霍无度和可能做出的事，为了避免这些意外的发生，他越来越信任盖茨比。这样的安排持续了五年时间，在此期间，他们的船绕着大陆转了三周。要不是艾拉·凯伊，这样的航行原本可以无限期地持续下去。一天，她在波士顿上了船，而一周后，丹·科迪就去世了，一声招呼也没打。

我记得他那张挂在盖茨比房间里的照片，一个头发灰白、服饰华丽的老头，一张刚毅、没有表情的脸——那些拓荒的浪荡子们在美国生活的一段时期中，将那股西部边疆妓院和酒吧里的野蛮暴力带回了东部的沿海地区。间接地受到科迪影响，盖茨比几乎不怎么喝酒。有时，在那些欢乐的聚会中，女人们常用香槟酒搓进他的头发里；而他自己也养成了不喝烈性酒的习惯。

也是从科迪那儿，他继承了一笔遗产——两万五千美元。他并没得到它。他从不明白那些用于对付他的法律手段，而那数百万钱财中的大多数也进了艾拉·凯伊的口袋。留给他的是那异常合适于他的教育，而杰伊·盖茨比的模糊轮廓也被填充为一个有实质内容的男人。

这是他很久之后讲与我听的事情，但我在此将它写下，心想着分解那些之前出现的关于他身世的无稽谣言。除此之外，他是在一个让人困惑的时刻告知我这些事情的。在那时，我已完全相信又完全不相信关于他的所有事情了。因此，我利用这个短暂的间歇，也可以说是趁盖茨比喘口气的间歇，将这些误解清扫尽。

这也是我掺和进他私事的一个间歇。在好几周的时间内，我没有再见过他或在电话中听到他的声音——其中多数时间，我都在纽约，和乔丹四处转悠，试图讨得她那位年迈的姑姑的欢心——但最终我还是在一个星期日下午去了他那里。我在那里待了还没两分钟，就有人领着汤姆·布坎南进来喝一杯。我自然十分惊讶，但真正让我惊讶的事情则是，这种事以前从未发生过。

那是三个骑着马的人——汤姆和一个姓斯隆的男子，还有一位身着棕色马术装的漂亮女士，她之前曾来过这里。

"我很高兴见到你，"盖茨比站在门廊处说道，"我很高兴你们能顺路拜访我。"

好像他们在乎似的！

"快请坐，来支烟或者抽根雪茄。"他快步走到屋子的另一头，按铃叫人，"我马上就给你们拿杯喝的。"

由于汤姆的到来，他的情绪受到了不小的影响。他隐隐知晓，他们一行人的到来只是为了喝一杯，但不管怎样，在他把喝的东西拿给他们之前，还是感到不安。斯隆先生什么也没要。"喝杯柠檬水吗？""不了，谢谢。""那喝一小杯香槟酒吗？""什么也不要，谢谢……抱歉啊——"

"今天骑得顺利吗？"

"这一带的道路很棒！"

"我猜是那些汽车道吧？"

"是的。"

在一股难以抑制的冲动驱使下，盖茨比转向了汤姆。汤姆还将刚才的介绍视为与生人的初次见面。

"我想我们以前在某个地方见过面，布坎南先生。"

"哦，对啊，"汤姆说道，虽然礼貌，却没有好气，显然不记得这件事，"是啊，我们见过面。我记得很清楚。"

"差不多两周前吧。"

"对啊。你和尼克在一起。"

"我认识你的妻子。"盖茨比接着说道，话语近乎大胆。

"是吗？"

汤姆转向我。

"尼克，你住在这附近吗？"

"就在隔壁。"

"是吗？"

斯隆先生没有加入我们的对话，只是高傲地躺在自己的椅子上。那位女士也是什么也没说——直到两杯酒下肚，才出人意料地变得热情起来。

"我们都来参加你办的下一个聚会，盖茨比先生，"她提议道，"你觉得如何呢？"

"没问题，我很高兴你们能来。"

"很好，"斯隆先生语气不带谢意地说道，"嗯……我看应该启程回家了。"

"请别着急啊，"盖茨比劝他们说道，他现在已经控制住自己，想要再多看看汤姆，"你为什么不……你为什么不留下共进晚餐呢？如果还有其他人从纽约顺路过来，我也不会感到惊讶。"

"你们去我那里吃晚饭吧，"那位女士热情地说道，"你们俩都来。"

这也包括了我。斯隆先生站起了身。

"一道来吧。"他说道——但只对着她说道。

"我是认真的，"她坚持地说道，"我希望你们能来。地方很大的。"

盖茨比用询问的眼光看向我。他想去，但他不知晓斯隆先生不愿意让他去。

"恐怕我是无法去了。"我说道。

"好吧，那你来吧。"她劝道，目光聚集向盖茨比。

斯隆先生低声在她耳边说了些什么。

"如果我现在就出发,就还赶得及。"她大声地坚持道。

"我没有马。"盖茨比说道,"我以前在军队里常骑,但我从没买过马。我必须开着车,跟在你们后头。请等我一会儿。"

我们其余人走出房间,来到门廊处。在那里,斯隆和那位女士在一旁慷慨激昂地聊了起来。

"我的天哪,那人还真来了,"汤姆说道,"难道他不知道她是不想让他去的吗?"

"她说她想要他去。"

"她办了场大型晚宴,而在那里可没有他认识的人。"他皱着眉头,"我想知道他是在什么鬼地方见的黛茜。老天在上,我的想法也许过时了,但现在的女人也太能到处蹦跶了,我觉得不合适。她们总是见些各种各样的疯子。"

突然间,斯隆先生和那位女士走下台阶,跨上了他们的马。

"走吧,"斯隆先生对汤姆说道,"我们要迟到了。得出发了。"然后,他又对我说道,"告诉他我们等不了了,好吗?"

汤姆和我握手道别,我们其余人相互冷淡地点了点头,然后他们便快步上了路,消失在八月的树叶之下。就在这时,盖茨比拿着帽子和风衣,从前门走了出来。

汤姆显然对于黛茜一个人四处乱跑一事感到不安,所以他和她在第二周星期六一起出席了盖茨比的聚会。也许,他的出现赋予了那晚一种特别的压抑感——在那个夏天盖茨比办的所有聚会中,我对它的印象最深。依旧是那些人,或至少是相同的一类人,依旧是那些喝不完的香槟酒，依旧是一出五颜六色、声音嘈杂的混乱场面，但我在空气中感觉到了一种令人不快的气息，这弥漫四周的不好感觉以前从未在那里出现过。抑或，我也许只是已经习惯它，已然接受西卵岛是一个自我完善的世界，有着它自己的标准和大人物，不逊于他者，因为它没有这样的意识。现在，通过黛茜的双眼，我再一次地注视着他。通过新的眼睛去审视你已经消耗力量去适应的东西，总叫人感到伤感。

他们在傍晚时到达。当我们在上百位妙趣横生的宾客中走动时，黛茜的声音在她的喉咙里玩着小声的把戏。

"这些东西太让我兴奋了，"她低声说道，"如果你今晚什么时候想吻我，尼克，让我知道就好，我将很高兴为你安排一下。只需要提我的名字。或者出示一张绿色的卡片。我这就给你绿色的……"

"看看四周。"盖茨比提议道。

"我正在看呢。我正在享受一个美妙的……"

"你一定会见到一些你曾有所耳闻的人。"

汤姆自负的双眼扫视着人群。

"我们并不经常走动，"他说道，"事实上，我想我一个人也不认识。"

"你可能知道那位女士。"盖茨比指着一位坐在白梅树下美丽动人、脱俗如兰的女子。汤姆和黛茜盯着她看，认出了那位至今还如鬼魅般的电影明星，随即生出一种特别不真实的感觉。

"她好美啊。"黛茜说道。

"她身旁弯着腰的人就是她的导演。"

他隆重地领着他们，介绍着一群又一群的人：

"布坎南太太……和布坎南先生……"在片刻犹豫后，他补充说道，"马球健将。"

"哦，不对，"汤姆迅速反对，说道，"我不是。"

但显然，"马球健将"这几个字使盖茨比感到开心，因为汤姆在此后整晚中都被冠以"马球健将"的称号。

"我从没见过这么多明星，"黛茜惊叹地说道，"我喜欢那个人——他叫什么来着？就是那个鼻子发青的人。"

盖茨比认出了他，补充说他是位小制片人。

"好吧，我还是喜欢他。"

"我还是不太想被认为是马球健将，"汤姆愉快地说道，"我还是想在——在不被察觉的状态下看着那些名人。"

黛茜和盖茨比跳了舞。我记得我惊讶于他优雅而守旧的狐步舞技——我还从没见过他跳舞。随后，他们闲逛到了我的屋子，在台阶上坐了半个小时。而在她的要求下，我在花园里替他们望风。"以防起火或者发大水，"她解释道，"或者任何天灾。"

我们正准备坐下一起吃晚饭时，汤姆不知道从哪里出现了。"你介意我和那边的那些人一起吃吗？"他说道，"有个家伙正在讲笑话。"

"去吧，"黛茜亲切地答道，"如果你想记下任何地址的话，这是我的金色小铅笔。"过了一会儿，她环顾四周，然后告诉我那位姑娘"虽然漂亮却又平平无奇"。这让我知道,除了她与盖茨比独处的那半个小时,她玩得并不开心。

我们所在桌子上的宾客都醉醺醺的。那是我的过错——盖茨比被喊去接电话了,而我两周前和这些人处得还不错。但之前为我带来欢乐的这群人现在却让这气氛变味了。

"你感觉如何,伯戴克小姐?"

那位被提问的姑娘正想重重趴在我的肩膀上,我没让她得逞。听到这个问题,她坐直,睁开了眼睛。

"什么?"

一个身材高大、昏沉欲睡的女人刚才还劝说黛茜明天和她一起去当地的高尔夫俱乐部打球,现在开口为伯戴克小姐辩护:"哦,她现在很好。她在喝了五六杯鸡尾酒后,总是开始像那样尖叫。我告诉她,她不应该再喝酒了。"

"我真没喝酒啊。"那位受到指控的姑娘声明道,语气空洞。

"我都听到你叫了,所以我对这边的西威特医生说:'这有人需要你的帮助,医生。'"

"她肯定会感谢你的,我确定,"另一位朋友说道,语气中不带感激之意,"但是,你把她的头摁进游泳池里那会儿,你让她的裙子都湿了。"

"我就恨有人把我的头摁进游泳池里。"伯戴克小姐嘟囔道,"曾经有一次,他们差一点在新泽西把我淹死了。"

"那么你就不应该再喝酒了。"西威特医生反驳道。

"这话你还是说给自己听吧!"伯戴克小姐激动地喊道,"你的手都抖了。我是不会让你对我做手术的!"

情况就是那样。在我记忆中,差不多最后一件事是我和黛茜站在一起,注视着那位电影导演和他的明星。他们还在白梅树下,而他们的脸几乎贴在一起,中间透出一束微弱而稀薄的月光。这让我意识到,他整晚都在慢慢地俯身靠近她,只为了获得这份亲近。而当我们看着他们时,我见到他在最后一点距离上停住,在她的脸颊上吻了一下。

"我喜欢她,"黛茜说道,"我觉得她很美。"

但剩余的一切都令她感到不适——这毫无疑问,因为这不是她的姿态,而是她的情绪。西卵岛让她感到胆寒,这是个史无前例之"处",是百老汇在长岛渔村的后代——她胆寒于它那在古老的委婉之语中摩擦的原始活力,胆寒于那过分扎眼的命运,将其中的居民沿着一条捷径,从虚无驱赶向虚无。她在自己无法理解的质朴中看到了一些可怕的东西。

当他们等车时,我和他们一起坐在门前的台阶上。这里已经变得昏暗,只有明亮的大门处洒下了十平方英尺的光束,反射向温柔的漆黑清晨。有时,一个影子在上方更衣室的百叶窗上移动,又让位给另一个影子,随后是一队无尽的影子,在一面看不见的镜子前涂脂抹粉。

"这个盖茨比到底是什么人?"汤姆突然问道,"某个大私酒贩子吗?"

"你是从哪里听来的?"我问道。

"这不是我听来的,是我猜的。许多这样的暴发户都是私酒贩子,你明白的。"

"盖茨比不是。"我简短地说道。

他沉默了一会儿。公路上的鹅卵石在他的脚底嘎吱作响。

"嗯,他肯定是费了老大劲才把这群动物凑在一起的。"

一阵微风吹动了黛茜毛领上的灰色雾霭。

"至少他们比我认识的那些人有趣。"她试图辩解道。

"可你看起来不太感兴趣啊。"

"嗯,我感兴趣。"

汤姆笑着转向我。

"当那个姑娘叫她帮自己冲个冷水澡的时候,你注意到黛茜的表情了吗?"

随着沙哑而有韵律的低吟乐曲,黛茜开始唱起了歌,每一个词都生出了之前不曾出现过的意思,这些意思也将不会再次出现。当旋律扬起,她的声音也随着它甜美地升高,就像女低音的歌唱声音一样。每一次变化都溢出一丝她那温暖的人类魔法,进入空气之中。

"许多来这儿的人都是不请自来的。"她突然说道,"那个姑娘没收到过邀请。他们径直闯入,而他也礼貌地没有阻拦。"

"我想知道他是什么人,做什么事,"汤姆固执地说道,"我一定会查出来的。"

"我现在就可以告诉你,"她回答道,"他开了几间药店,很多药店。他自己开起来的。"

姗姗来迟的豪华轿车开上了车道。

"晚安,尼克。"黛茜说道。

她的目光撇离了我,搜寻地看向明亮的台阶上方。那年流行的一首美妙而略带惆怅的小华尔兹乐曲《三点钟》从那扇敞开的门中飘了出来。毕竟,在盖茨比聚会的随意中有着浪漫的可能性,而这是她的世界中完全没有的。上方那首似乎是在召唤她回去的歌中有着什么呢?在这段昏暗而无法预测的时间里又将发生什么呢?也许,一些让人难以置信的宾客将要到来,一位极少露面又让人惊叹的人,某位光彩夺目的少女充满热情地瞥了盖茨比一眼,那一瞬间带着魔力的相遇也许就将抹去那五年始终如一的情愫。

那晚,我待了很长时间,盖茨比让我等他忙完所有事。那些每次都在水中玩乐的人从漆黑的海滩跑上来,浑身发抖却又精神亢奋,上方每间客房的灯也一一熄灭。在此之前,我便在花园中徘徊。最终,在他走下台阶时,他脸上那晒得黝黑的皮肤绷得异常紧,眼中闪烁光芒,却又透着疲态。

"她不喜欢这次聚会。"他马上说道。

"她当然喜欢。"

"她不喜欢这次聚会。"他固执地说道,"她玩得不开心。"

他沉默了,我猜他心里有着说不出的沮丧。"我觉得她离我很远,"他说道,"很难让她明白。"

"你是指之前的舞会吗?"

"舞会?"他打了个响指,否定了关于舞会的猜想,"老兄,舞会不重要啊。"

他只想让黛茜走向汤姆,对他说:"我从没爱过你。"在她用那句话抹去那四年的时间之后,他们便能决意采取更多时间的措施。其中的一项是,在她自由之后,他们将回到路易斯维尔州,在她家将她迎娶出门——就好像五年前本该发生的那样。

"但她不明白啊,"他说道,"她以前是能够明白的。我们在一起坐了很长时间……"

他的话突然中断,开始在一条满地果皮、弃物和被人踩踏过的花朵的荒凉小径走来走去。

"我不想对她做过多要求,"我小心地说道,"你没法将往事重来一遍。"

"没法将往事重来一遍吗?"他怀疑地大声说道,"嗯,当然能了!"

他激动地看向四周,仿佛过往就潜伏在他房子的阴影之中,只是在他无法触及的地方。

"我要去修复一切,就像它原来的样子一般,"他说道,毅然决然地点了点头,"她会明白的。"

他说了很多过去发生的事,而我猜他是想复原某些东西,也许是他的某些想法,而这些东西已经进入了他对黛茜的爱。在那之后,他的生命一直是迷惘而无序的,但如果他能够再次回到某个出发点,慢慢地重来一遍,他就会知道那个东西到底是什么……

五年前，在一个秋夜之中，树叶飘落，他们走在街上，来到某处。那里没有树林，人行道在月光下显得洁白。他们停在那里，转过身子，面向对方。那是一个凉爽的夜晚，其中有着一年中两次季节更替所带来的神秘激动之情。家家户户中安静的灯光燃进了黑暗之地，繁星则激动震颤，熙熙攘攘。盖茨比眼角瞥见人行道上的一块块地砖真的组成了一架梯子，升向树林上方一个秘密之处——如果他独自攀爬，他就能够爬上去。而当他达到那处地方，他就能够吮吸生命的乳头，大口吞咽那无与伦比的奇迹之乳。

随着黛茜白皙的面庞贴向他时，他的心跳得越来越快。他知道，在他亲吻了这个姑娘并将他难以言表的愿景和她容易腐朽的呼吸结合在一起后，他的心灵就再也不会像上帝的心灵般轻快地驰骋了。所以他等待了片刻，多听了一会儿音叉敲击在星星上的声音。随后，他吻了她。当触及他的唇后，她就像花朵一样，为他绽放，而他的蜕变也就此完成。

通过他的讲述，甚至通过他那令人惊骇的感伤，我记起某件事——很久以前，我曾在某个地方听过的一段难以捉摸的韵律，些许零零碎碎、记不起来的歌词。有一刻，我的嘴试图唱出一句歌词，但我的嘴唇像一个哑巴似的张在那里，仿佛除了一缕受了惊吓的空气之外，还有东西在它上头挣扎着。它发不出声音，而我几乎就要记起来的曲子也永远没出口。

Chapter 7

第七章

正当对于盖茨比的好奇达到顶峰时,他家的灯光在一个周六的夜晚没有亮起——而正如它此前不声不响地出现,他作为特立马尔乔①的经历也无声无息地结束了。我逐渐才发现那些如期而至的汽车在拐入他家车道后,停留了一会儿后便带着愠气悻悻驶离。我琢磨着他是否生病了,所以就过去看了看——一位不熟悉的管家面色凶恶,从门里细眯着眼猜疑地看着我。

"盖茨比先生病了吗?"

"没有。"一阵停顿后,他才慢吞吞地勉强补上一句"先生"。

"我最近没在附近见过他,颇为担心。告诉他卡拉威先生来过。"

"谁?"他粗鲁地问道。

"卡拉威。"

"卡拉威。好的,我会告诉他的。"

突然间,他将门砰地关上。

---

① 古罗马抒情诗人佩特罗尼乌斯的《萨蒂利孔》中的人物。曾是奴隶的特立马尔乔获得巨大的财富,常常举办大型的奢华宴席。菲茨杰拉德曾在1924年创作过程中将本小说命名为《特立马尔乔》和《西卵岛的特立马尔乔》。

我的芬兰女佣告诉我，盖茨比一周前解雇了他家所有的用人，另找了其他六个人顶替他们。他们从不去西卵岛接受店主们的贿赂，而是通过电话预订些基础的生活用品。杂货铺的伙计说那儿的厨房看着就像个猪圈，而村子里的人普遍认为那些新来的人根本就不是用人。

第二天。盖茨比给我打了电话。

"是要离开吗？"我问道。

"不，老兄。"

"我听说你解雇了所有的用人。"

"我想要些嘴巴严的人。黛茜经常过来——在下午。"

她眼中的不悦使整个"大旅馆"像纸牌屋一样坍塌了。

"沃尔夫申姆想为他们做些事。他们都是兄弟姐妹。他们过去经营过一家小旅馆。"

"我明白了。"

在黛茜的要求下，他给我打了电话——问我是否明天一起去她家吃午饭。贝克小姐会去。半个小时后，黛茜亲自打了电话，得知我会去后，她看起来似乎放轻松了些。某些事将要发生。但我不敢相信他们会选在这个场合闹上一出——特别是盖茨比在花园中描绘出了那幅令人断肠的场景后。

第二天酷热炎炎，虽然差不多快到夏天的尾声了，但它肯定是最热的一天。随着我乘坐的火车从隧道中开出，进入阳光之中，只有国家饼干公司那炙热的汽笛声打破了正午时分的宁静。车上的稻草座椅徘徊于着火的边缘,而我旁边的女士优雅地流着汗,汗水一会儿就浸透了她白色的衬衫,随后也弄湿了她手指上的报纸。随着一声悲呼,她绝望地瘫坐在了高温之中。她的皮夹子啪的一声,掉在了地上。

"哦,天啊!"她气喘吁吁地说道。

我疲惫地俯身,捡起了它,将它还给了她。我伸直手臂,只捏着角上很小的一角,示意我对它没有非分之想——但周围的所有人,包括那位女士,都觉得我有嫌疑。

"热啊!"列车长对着熟悉的面孔说道,"这天气……热啊!……热啊!……热啊……你觉得够热了吗?是吧?是……?"

当我从他手上拿回月票时,上头有了一个暗色的汗渍。在这样的高温中,不会有人在意自己到底亲吻了谁的泛红嘴唇,也不会有人在意谁的头弄湿了自己胸口上方的睡衣口袋!

…………

一阵微风吹过布坎南家的厅堂,将电话铃的响声带向了等在门口的盖茨比和我。

"老爷的车身!"管家在话筒里大声咆哮道,"对不起,太太,我们布置不了它了——今天中午它太烫了,都无法碰!"

事实上,他说的是:"好的……好的……我去看看。"

他放下话筒,朝我们走来,头上微微闪着光,接过了我们的硬边草帽。

"太太在客厅里等你们!"他喊道,有些多余地指了指方向。

在这炎热的天气里,每一个多余的动作都是在冒犯生命的公共储备。

在遮阳棚的阴影中,那个房间昏暗而凉爽。黛茜和乔丹躺在一张巨大的沙发上,就像银色的神像,压着自己的白色裙子,不让正在歌唱的风扇所吹出的微风将它们吹起。

"我们动不了了。"她们俩一齐说道。

乔丹的手指在我的手指上放了一会儿,被晒成褐色的皮肤上打着白色的粉末。

"运动员汤姆·布坎南先生呢?"我问道。

就在这时,我听到了他在门厅打电话的声音,生硬粗暴,模糊不清,低沉沙哑。

盖茨比站在绯红色的地毯中央,着迷地注视着四周。黛茜看着他,发出了甜美而又让人兴奋的笑声,一小阵粉尘也从她的胸口腾起,飘在空中。

"传闻,"乔丹轻声说道,"是汤姆的情妇打电话过来了。"

我们沉默了。门厅里的声音变大,语气透着厌恶:"很好,那么,我就不把车卖给你了……我没有义务非得卖给你……对于你在午饭时间打扰我这件事,我是绝对忍受不了的!"

"把电话挂了吧。"黛茜嘲讽地说道。

"不,他不是那个意思。"我向她保证道,"确实有这么桩生意。我碰巧知道这事。"

汤姆猛地把门推开,厚实的身体堵在那里片刻,随后快步走了进来。

"盖茨比先生！"他展开了自己宽大平整的手，心中却隐匿着不快，"我很高兴见到你，尼克……先生……"

"给我们来杯冷饮。"黛茜喊道。

随着他再次离开房间，她起身走向盖茨比，拉下他的脸，在他的嘴上亲了一下。

"你知道我是爱你的。"她喃喃地说道。

"别忘了还有一位女士在场。"乔丹说道。

黛茜疑惑地看了看四周。

"你也亲一下尼克啊。"

"这姑娘太下流粗俗了！"

"我可不在乎呢！"黛茜喊道，开始在砖砌的壁炉处跳起了木屐舞。然后，她意识到热，又内疚地坐回到沙发上。就在这时，一位身着刚刚洗过的衣物的保姆带着一个小姑娘走进房间。

"亲——爱——的——宝——贝！"她低吟道，展开了双臂，"来妈妈这边，妈妈爱你。"

保姆放开了手，孩子跑过房间，害羞地将自己埋入妈妈的裙子里。

"亲——爱——的——宝——贝！妈妈的粉掉到你的黄色长发上了吗？现在站起来，然后说——'你——好——'啊。"

盖茨比和我先后俯下身，拉起她有些犹豫的小手。在那以后，他一直看着那个孩子，眼中带着惊讶。我想他还不曾相信这个孩子的存在。

"我午餐前就换好衣服了。"孩子说道,急切地转向黛茜。

"那是因为你妈妈想好好炫耀一番。"她的脸向下,贴上了那白白嫩嫩小脖子上唯一的肉褶子,"你啊,你像梦一样美好。你这个小家伙就是和梦一样美好。"

"是的。"那个孩子平静地承认道,"乔丹阿姨也穿了件白裙子。"

"你喜欢妈妈的朋友们吗?"黛茜将她转过来,让她面对着盖茨比,"你觉得他们漂亮吗?"

"爸爸在哪里啊?"

"她长得不像爸爸,"黛茜解释道,"她长得像我。她继承了我的头发和脸型。"

黛茜身子一仰,坐入沙发之中。保姆则上前一步,牵住了她女儿的手。

"来吧,帕米。"

"再见,甜心!"

那个守规矩的孩子不情愿地向后一瞥,被保姆牵着,走出了房门。这时,汤姆也回来了,身前拿着四杯金利克酒,酒里满是冰块,叮叮地发出声响。

盖茨比拿起他的酒。

"它们看起来绝对凉爽。"他说道,看起来紧张。

我们深深一口,贪婪地喝了下去。

"我曾在某处读到过,每年太阳都变得越来越热,"汤姆亲切地说道,"好像用不了多久地球就要掉进太阳了——等等,要么是——恰恰相反——每年太阳变得越来越冷。"

"跟我出去吧,"他向盖茨比提议道,"我想带你参观一下这个地方。"

我和他们一起走到外头的游廊。绿色的海湾在高温中显得平静,其中一艘小帆船正缓慢地爬向颜色更深的海洋。盖茨比注视了它一会儿,抬起手指向海湾对面。

"我就住在你对面。"

"是啊。"

我们抬头,视野跃过下方的玫瑰花床、热腾腾的草坪以及三伏天中岸边那些长草的废弃物。慢慢地,那艘船的白帆移向了凉爽的蓝色天际线。前方就是扇形的海洋和许多安宁的海岛。

"航海这事适合你,"汤姆点着头说道,"我想和他一起去那儿,玩上一个小时左右。"

我们在餐厅中吃了午餐。为了降温,屋内同样昏暗。借着冰凉的麦芽酒,我们将紧张的欢乐氛围一饮而尽。

"今天下午,我们做什么呢?"黛茜大声说道,"还有明天,还有后头三十年?"

"别说傻话了,"乔丹说道,"等秋天一到就凉爽了,生活又会重新开始。"

"但现在太热了。"黛茜固执地说道,几乎就要流出眼泪,"一切都是那么混乱。我们都去城里吧!"

她的声音穿过高温,挣扎着撞击向它,将其由虚无塑造成型。

"我听过把马厩改成车库的事,"汤姆对着盖茨比说道,"但我是第一个把车库改成马厩的人。"

"谁想去城里呢?"黛茜固执地问道。盖茨比的目光向她的方向飘去。"啊,"她喊道,"你太好了。"

他们四目相对,旁若无人地相互注视着对方。好不容易,她才低头看向桌面。

"你一直都很好。"她重复说道。

她告诉过他自己爱上了他,汤姆·布坎南也看出了这点。他大吃一惊,嘴巴微张,看向盖茨比,又看向黛茜,仿佛认出她是位自己很久以前认识的人一样。

"你就像广告里的那个人,"她无辜地继续说道,"你知道的,就是广告上的那个人——"

"好吧,"汤姆赶紧打断道,"我很想去城里。走吧——我们都去。"

他起身,眼睛还在盖茨比和自己的妻子间来回掠过。没有人动身。

"走吧!"他有些生气地说道,"这到底怎么回事?如果我们要去城里,就走啊。"

他努力克制着自己颤抖的手,将杯子中最后一点啤酒喝下肚去。黛茜的声音催着我们起身,随即走到外头炎热的砾石车道上。

"我们这就走吗?"她说着话,表示反对,"就像这样吗?我们难道不准备先让人抽支烟吗？"

"大家在吃午饭的时候就抽过了。"

"哦，让大家找点乐子吧，"她对他乞求道，"天太热了，别耍小性子。"

他没有搭话。

"随你便吧，"她说道，"来吧，乔丹。"

她们上楼做准备去了，而我们三个男人则站在那里，用脚将滚烫的鹅卵石拨来弄去。一轮银色的月弧已悬在西边的天空上。盖茨比想开个头说点什么，但又改了主意。不过，在此之前，他们已经转过身，面对着他，想听他要说些什么。

"你的马厩是在这里吗？"盖茨比费劲地想了一个问题问道。

"在这条路往下四分之一英里的地方。"

"哦。"

一阵沉默。

"我不理解去城里这个想法，"汤姆凶狠地爆出一句话道，"女人脑子里的想法说来就来——"

"我们还喝点什么吗？"黛茜在楼上的窗户喊道。

"我要喝点威士忌。"汤姆答道。他走进了屋。

盖茨比僵硬地转向我，说道："在他家里，我什么都不能说，老兄。"

"她的话太鲁莽了，"我说道，"充满了……"我犹豫着，不知道说什么好。

"她的声音里充满了金钱。"他突然说道。

没错。我以前没明白过来。它充满了金钱——那正是其中浮浮沉沉的无尽魅力,如铃铛般叮叮当当,和铙钹奏出的歌曲一样……就像白色宫殿中高高在上的公主,金子铸成的姑娘……

汤姆走出房子,用毛巾裹着一个夸脱瓶,后面跟着黛茜和乔丹。她们戴着小巧精致的金属针布帽,手臂上挂着薄披肩。

"大家都坐我的车吗?"盖茨比提议道。他感受着绿色皮座椅上的灼热:"我应该把它停在阴影里。"

"它是标准排挡吗?"汤姆问道。

"是的。"

"嗯,你开我的跑车,我开你的车去城里。"

盖茨比讨厌这个建议。

"我想车里的油不够了。"他反对道。

"还有很多油!"汤姆大声说道。他看着油表:"如果没油了,我就停在药店外头。现在药店里什么都能买得到。"

待这句明显无意义的话说完,又是一阵沉默。黛茜皱着眉头看着汤姆,而盖茨比的脸上出现了一种难以名状的神色,我显然从未见过却又隐约认识,仿佛我在传闻中听说过的那般。

"来吧,黛茜,"汤姆一边说着,一边用手将她推向盖茨比的车,"我带你坐这辆马戏团大篷车。"

他打开车门,但她从他的臂弯中闪出。

"你载尼克和乔丹吧。我们坐跑车,跟着你。"

她走近盖茨比,用手触摸着他的外套。乔丹、汤姆和我坐上了盖茨比车上的前排位置,汤姆尝试地推着陌生的排挡器。我们快速地驶进了闷热的高温中,将他们甩在了视野之外。

"你刚才看见了吗?"汤姆问道。

"看见了什么?"

他眼神锐利地看着我,明白乔丹和我肯定一直都知道这事。

"你觉得我很傻,是吗?"他暗示道,"我也许很傻,但我有——有时候几乎有先见之明,它能告诉我该去做什么。你可能不相信,但科学……"

他沉默下来。关于那件马上可能发生之事的念头突然出现在他脑中,将他从理论的深渊边缘拉了回来。

"我对这个家伙做过些小调查,"他继续说道,"我要是知道——我就调查得再深些。"

"你是说,你去找了个灵媒吗?"乔丹幽默地问道。

"什么?"在我们笑的时候,他困惑地盯着我们,"灵媒?"

"有关盖茨比。"

"有关盖茨比!不,我还没有。我是说,我稍微调查了一下他的过去。"

"然后你发现他是牛津毕业的。"乔丹帮他说道。

"牛津毕业的!"他才不信,"他要是就见鬼了!他可穿着一身粉色的西装。"

"即便如此,他还是牛津毕业的啊。"

"新墨西哥州的牛津吧,"汤姆不屑地哼道,"或其他那样的地方。"

"听着,汤姆。如果你这么势利,那么为什么还请他来吃午饭呢?"乔丹生气地质问他道。

"是黛茜请的。我们结婚前,她就认识他——鬼知道是在什么地方认识的!"

啤酒的酒劲过去后,我们都变得有点脾气暴躁。当意识到这一点,我们陷入沉默,开了一会儿车。此后,随着路前方 T.J. 艾克伯格医生那双褪了色的眼睛进入视野,我想起了盖茨比对于加油的告诫。

"我们有足够的油去城里。"汤姆说道。

"但在那里就有一个修车铺,"乔丹反驳道,"我可不想在这样能把人烤干的温度中抛锚。"

汤姆不耐烦地把两个刹车都猛推而下,我们的车也猛然向前滑了一段,停在了威尔逊修车铺的招牌下,车外尘土飞扬。过了一会儿,店主从铺子里出现,眼神空洞地看着这辆车。

"加点油!"汤姆粗鲁地喊道,"你以为我们停下来是要干吗啊——看风景吗?"

"我生病了,"威尔逊说道,身体一动不动,"病了一整天了。"

"怎么回事?"

"全身虚弱啊。"

"嗯,那我自己加吗?"汤姆问道,"在电话里,你听起来挺好的。"

威尔逊费力地走出阴影，离开了门框的支撑，口中喘着粗气，旋开了油箱的盖子。在阳光下，他的脸色发绿。

"我并不是故意打扰你吃午饭的，"他说道，"但我急需钱，所以我想知道你打算怎么处理你的旧车。"

"你喜欢这一辆吗？"汤姆问道，"我上周才买的。"

"这辆黄色的车真漂亮。"威尔逊一边说，一边用力地拉着把手。

"想买吗？"

"好机会，"威尔逊微微笑道，"不过，我还是不买了，我可以在另一辆车上赚些钱。"

"你突然要钱做什么？"

"我在这里待了很久了。我想离开。我妻子和我想搬去西部。"

"你妻子也想这样？"汤姆吃惊地大声说道。

"她说这件事已经十年了。"他靠着油泵，休息了一会儿，用手为眼睛遮光，"现在，不管她还想不想搬，她都得走了。我会带她走的。"

那辆跑车从我们身旁一闪而过，扬起一阵尘土，一只手从中伸出来，朝我们挥了挥。

"我欠你多少钱？"汤姆无情地问道。

"最近两天，我知道了件有趣的事，"威尔逊说道，"这就是我想搬走的原因。也是为什么我来打扰你，问车子的事。"

"我欠你多少钱？"

"一美元二十美分。"

无情的高温狠狠地折磨着我,让我开始感到难受,随后我意识到他目前还没有怀疑到汤姆身上。他已经发现了梅朵在另一个世界过着某种没有他的生活,而这样的精神冲击使他的肉体也生病了。我看看他,又看看汤姆,就在不到一个小时前,后者也有了相同的发现——这让我意识到,人和人之间,不论智力高下或种族"优劣",都没有病人和身体健康者之间的差异来得大。威尔逊病得不轻,这使他看起来像个罪犯,像个十恶不赦的罪人——仿佛他刚刚才把某个可怜的姑娘肚子搞大似的。

"我会让你买下那辆车,"汤姆说道,"我明天下午就把它送过来。"

这个地方总是隐隐地让人感到不安,甚至是在下午的刺眼阳光下。我这时已转过头去,仿佛收到了后续将要发生之事的警告。在那片灰土堆上方,T. J. 艾克伯格医生那两只巨大的眼睛彻夜监视着这一切,但过了一会儿,我发现另外一双眼睛也正在不到二十英尺外盯着我们。

在修车铺楼上的一扇窗户处,窗帘向一边稍稍移动了下,梅朵·威尔逊正向下凝视着我们的车。她全神贯注,以至于都没发现自己也被人观察着。她的脸上情绪交替,就像冲洗照片上缓缓出现的画面一样。令我好奇的是,她的表情使我感到熟悉——那是一种我过去常在女人脸上看到的表情,但在梅朵·威尔逊的脸上,它看起来茫然,让我费解。后来,我才意识到她圆睁的眼睛中满是嫉妒的恐惧,但它们并没聚焦在汤姆身上,而是盯着乔丹·贝克。梅朵将她当作了他的妻子。

没有困惑比简单头脑中的困惑还要混乱,而当我们开车离开后,汤姆感受到了由恐慌挥出的鞭笞。他的妻子和情人一个小时前还安然无恙、未受侵犯,但现在突然脱离了他的控制。本能使他踩上了油门,带着双重目的试图赶上黛茜和远离威尔逊。我们以五十英里的时速冲向阿斯托利亚,随后在高架桥上如蛛网般的钢梁中见到了那辆悠闲自得的蓝色跑车。

"五十街那几家大电影院很凉快。"乔丹提议道,"我爱夏日午后的纽约,这时大家都不出门。有种让感官愉悦的东西——像是熟透了,仿佛所有有趣的果实都要掉到你的手上一样。"

"感官愉悦"这个词让汤姆感到更加不安,但还没等他想出反驳的话,前头的车停了下来,黛茜向我们示意在路边停下。

"我们去哪儿呢?"她喊道。

"去电影院怎么样啊?"

"太热了,"她抱怨道,"你去吧。我们在附近兜一圈,然后和你碰头。"她费劲地挤出了些风趣来,"我们在某个街角和你碰头吧。我当那个抽两支烟的男人。"

"我们不能在这里谈论这个。"随着一辆卡车在我们后方发出了一声咒骂似的喇叭声,汤姆不耐烦地说道,"你跟着我,朝中央公园南边开,去广场饭店前头。"

有好几次,他都扭头看他们的车还在不在。当车流把他们耽搁了，他就降低车速，直到他们出现为止。我想他害怕了，害怕他们会俯冲进一条街边小路，从此在他的生活中消失。

但他们没有消失。我们全都做了一个不好解释的选择，在广场饭店订了一间套房的休息室。

我已经记不清那场持久而嘈杂的争吵了，只想起它在我们被驱赶进房间后终止。但我清楚地记得自己的身体反应。在那期间，我的内裤就像一条潮湿的蛇，绕着我的腿，不断往上爬，而断断续续的汗珠则凉飕飕地在我的背上赛跑。那个想法起始于黛茜的建议，她说我们该租下五间浴室，洗个冷水澡。随后，她提出了个更加可行的设想，去"租个地方喝一杯冰镇薄荷酒"。我们每一个都反复说道，那是个"疯狂的主意"——我们所有人一齐对一位感到困惑的服务员说着话，心想着或假装想象着我们很滑稽……

那间房虽然大，但很闷。即便已经四点钟，打开的窗户只吹进了一阵从中央公园传来的灼热灌木丛气息。黛茜走到镜子前，背对着我们站着，梳理着自己的头发。

"这间套房很有趣。"乔丹恭敬地小声说道，把大家都逗笑了。

"把另一扇窗户打开。"黛茜命令道，却并未转过身。

"没有多余的窗户了。"

"嗯，我们最后打个电话，要把斧子——"

"我们需要做的事就是忘掉高温。"汤姆不耐烦地说道，"你老对它发牢骚，只会让事情糟上十倍。"

他打开包裹威士忌酒瓶的毛巾，将瓶子放在桌面上。

153

"为什么不随她去呢,老兄?"盖茨比说道,"是你想要来城里的。"

一阵寂静。电话本从钉子上滑落,啪的一声掉在地上。随后乔丹小声地说了句"对不起"——但这一次,没有人再笑了。

"我去捡。"我主动说道。

"我来吧。"盖茨比检查了断开的绳子,以一种表示兴趣的口吻咕哝了句,"哼!"然后将它掷到了椅子上。

"那是你的一个常用表达,是吗?"汤姆尖刻地说道。

"哪一个呢?"

"所有那些'老兄'的说法。你是在哪儿学的啊?"

"现在听我说,汤姆,"黛茜说道,从镜子处转过了身,"如果你要搞人身攻击,我就马上离开这里。去打电话,叫一些冰块配冰镇薄荷酒。"

正当汤姆拿起话筒时,屋中压抑的闷热爆发出了声响。我们听到,从楼下舞厅传来了门德尔松的《婚礼进行曲》,它的和弦带着不祥的预示。

"难以想象在这么热的天嫁人!"乔丹忧郁地大声说道。

"不管怎样——我是在六月中旬结婚的,"黛茜回忆道,"六月的路易斯维尔州啊!有人晕倒了。是谁晕倒了来着,汤姆?"

"比洛克西。"他简短地答道。

"一个叫比洛克西的人。外号'布洛克斯'[①]的比洛克西,他是做盒子的——这事是真的——而且他的老家是田纳西州的比洛克西。"

"他们把他抬进了我的房子,"乔丹补充道,"因为我家离教堂只隔着两户人家。他在我家待了三周,后来爸爸对他说,他该走了。但他走后才一天,爸爸就去世了。"过了一会儿,她补充道,"两件事之间没有关系。"

"我以前也认识位叫比尔·比洛克西的人,他是孟菲斯人。"我说道。

"那是他的表亲。我在他走之前,打听了他的整个家族史。他送了我一根铝制球杆,我现在还用着。"

随着仪式的开始,音乐停了下来,只剩一阵长时间的欢呼从窗户飘了进来,紧随其后的是断断续续的"好啊——啊——啊!"的欢呼声。最终,随着舞会的开始,爵士乐的声音爆发而出。

"我们都老了,"黛茜说道,"如果我们还年轻,我们便会起身跳舞。"

"别忘了比洛克西。"乔丹警告着她,说道,"你是在哪里认识他的,汤姆?"

"比洛克西吗?"他费劲地集中注意力,想了想,"我不认识他。他是黛茜的朋友。"

[①] 此处为音译,原文字面意思是"大盒子"。

"他才不是,"她否认道,"我从没见过他。他是坐着你的私人轿车来的。"

"嗯,他说认识你。他说自己是在路易斯维尔州长大的。阿萨·伯德在最后时刻带他过来,问我们是否有房间让他住下。"

乔丹笑了。

"他可能是个流浪着回家的人。他告诉我,他是你在耶鲁大学的班长。"

汤姆和我茫然地看着对方。

"比洛克西?"

"首先,我们没有班长——"

盖茨比的脚咚咚咚地踏着地板,声音短促而不安。他们突然看向他。

"顺便提一句,盖茨比先生,我知道你去牛津读的大学。"

"不完全对。"

"哦,是啊,我知道你去过牛津。"

"是的,我去过那里。"

一阵沉默。随后,汤姆怀疑又无礼地说道:"你去那里的时间一定和比洛克西去纽黑文的时间是差不多的吧?"

又是一阵沉默。一名服务员敲门进来,带来了碎裂的薄荷和冰块。但他那句"谢谢你"和轻轻的关门声并未打破这一阵沉默。最终,这个重要的细节就要被澄清了。

"我告诉过你了,我去过那里。"盖茨比说道。

"我听到了,但我想知道时间。"

"是在一九一九年。我只待了五个月。这也是为什么我不会管自己叫'牛津大学毕业生'。"

汤姆向四周瞥去,想看看我们是不是也和他一样,不相信这套说辞。但我们都看向了盖茨比。

"在停战之后,他们给了一些军官名额,"他继续说道,"我们能去上英格兰或者法国的任何大学。"

我想起身,拍拍他的后背。我又一次恢复了对他的完全信任,就像以前经历过的一样。

黛茜微笑着站了起来,走向桌子。

"打开这瓶威士忌酒,汤姆,"她命令道,"我给你做一杯冰镇薄荷酒。这样你就不会看起来那么傻了……看这些薄荷啊!"

"等一下,"汤姆突然厉声说道,"我想再问盖茨比先生一个问题。"

"说吧。"盖茨比礼貌地说道。

"不管怎样,你到底想在我家里捣什么乱啊?"

终于,他们俩开诚布公了。盖茨比对此感到满意。

"他没有捣乱啊,"黛茜绝望地来回看着他俩,"是你在捣乱。请你稍微控制一下自己。"

"控制一下自己?!"汤姆难以置信地重复道,"我看最近是流行起了装聋作哑,让不知道从哪里蹦出来的无名之辈向自己的妻子示爱吧。好吧,如果是这么回事,你们就别把我算上……最近人们开始嘲讽家庭生活和家庭制度，再往后，大家就要抛弃一切，搞黑人和白人的通婚了。"

在红着脸慷慨激昂地胡言乱语了一通后，他发现自己独自站在文明世界的最后一个关口。

"我们都是白人啊。"乔丹咕哝了一句。

"我知道我不太讨喜。我不办大型聚会。我想，你得把自己的房子搞得像猪圈一样，才能交到些朋友吧——在现在这个世界。"

虽然我很生气，就像其他人一样，但每次他开口时，我都想笑。浪荡公子哥竟然摇身一变成了道学先生。

"我有些事想对你说，老兄……"盖茨比开始说道。但黛茜已经猜到了他的意图。

"求求你，别说了！"她无助地打断道，"让我们都回家吧。我们为什么不回家呢？"

"这是个好主意。"我站起身，"来吧，汤姆。没人想喝酒了。"

"我倒想知道盖茨比先生有什么事是非得告诉我的。"

"你妻子不爱你，"盖茨比说道，"她从没爱过你。他爱的人是我。"

"你是疯了吧！"汤姆下意识地大声叫道。

盖茨比猛地跳起来，激动而兴奋。

"她从没爱过你，你听到了吗？"他喊道，"她之所以嫁给你，只是因为我那时没钱，而她也厌倦了再等我。那是个糟糕的误会，但她心里知道，她只爱过我一个人！"

这个时候，乔丹和我试图离开，但汤姆和盖茨比执意要我们留下——仿佛他们俩都没有任何事情想要隐瞒，也仿佛间接地分享他们的情绪已成为一种荣幸。

"你坐下，黛茜。"汤姆的声音不太成功地探索着一种父亲般的语调，"到底发生了什么？我想听听整件事。"

"我已经告诉过你发生的事情了，"盖茨比说道，"都发生五年了——而你一直都不知情。"

汤姆迅速转向黛茜。

"你这五年一直在见这个家伙吗？"

"不是见，"盖茨比说道，"不是，我们没法相见。但我们一直都爱着彼此，老兄，而你却不知情。我以前常笑话你，"——但他的眼中并没有露出笑意——"一想到你还不知情。"

"啊——够了！"汤姆像一位牧师一样，粗大的手指一齐轻扣着，身子后仰，坐在椅子上，"你疯了！"他突然大吼道，"五年前发生了什么，我不知道，因为那会儿我还不认识黛茜——而且，我要是知道你是怎么混到她周围一英里内的，我就不是人，除非你是给她们家后门送杂货的。但剩下那一切都是天杀的谎话。在黛茜嫁给我的时候，她是爱我的，而且她现在依旧爱着我。"

"不对。"盖茨比说道，摇了摇头。

"然而，她爱我。问题是，有时候她的脑中会产生些愚蠢的想法，不知道自己在做什么。"汤姆如圣人般点着头，"此外，我也爱着黛茜。偶尔，我会出去找点乐子，出点洋相，但我每次都回来，在我心里，我一直爱着她。"

"你真恶心。"黛茜说道。她转向我，这个房间都听得见她降了八度的声音，带着鄙夷，让人毛骨悚然："你知道我们为什么离开芝加哥吗？我很惊讶，他们没有用那点乐子的故事招待过你。"

盖茨比走过来，站在她身旁。

"黛茜，现在一切都结束了，"他真诚地说道，"这些都不重要了。快告诉他真相——你从没爱过他——这一切都将永远被抹去。"

她茫然地看着他："哼——我怎么还能爱着他——怎么可能呢？"

"你从没爱过他。"

她犹豫了。她的目光落到乔丹和我身上，好似在恳求，仿佛她最终才意识到她正在做的事——仿佛她自始至终从未想要做什么事似的。但现在，事已至此。太晚了。

"我从没爱过他。"她说道，显然有些不情愿。

"在卡皮欧拉尼①的时候，也没爱过吗？"汤姆突然问道。

"没爱过。"

沉闷而压抑的和弦乐声顺着灼热的气流，从楼下舞厅中飘了上来。

"我抱着你从潘趣酒碗峰②下山，不让你的鞋沾湿的那天也没有吗？"他的语调中带着沙哑的温柔，"黛茜？"

---

① 地处夏威夷檀香山的一座公园。
② 位于夏威夷檀香山的一座山峰。

"请别说了。"她的声音冰冷,但其中已不带怨恨。她看着盖茨比:"你看,杰伊。"她说道——但她试图点烟的手在发抖。突然间,她把烟和点燃的火柴都扔到了地毯上。

"哦,你要得太多了!"她向盖茨比大声说道,"我现在爱着你——难道还不够吗?过去的事,我也无能为力。"她开始无助地抽泣起来,"我确实曾经爱过他——但我也爱过你。"

盖茨比的眼睛眨了眨。

"你也爱过我吗?"他重复道。

"即使这句也是谎言。"汤姆疯狂地说道,"她不知道你还活着。哼——黛茜和我之间发生的事,你永远也不会明白,那些我们都不会忘记的事。"

这些话看起来实实在在地伤到了盖茨比。

"我要和黛茜单独谈谈,"他固执地说道,"她现在太激动了。"

"即使单独谈谈,我也不能说自己从没爱过汤姆,"她承认道,声音让人怜悯,"那不是真的。"

"它当然不是啊。"汤姆赞同地说道。

她转向自己的丈夫:"好像这事和你有关系似的。"她说道。

"它当然有关系了。从现在起,我要更好地照顾你。"

"你没懂啊,"盖茨比说道,语气中出现一丝惊慌,"你将再也不用照顾她了。"

"我不用?"汤姆睁大了眼睛大笑。他现在可以控制住自己了。"为什么呢?"

161

"黛茜要离开你了。"

"胡说八道。"

"不过，我确实要离开你了。"她说道。看得出，她这话说得有些费劲。

"她是不会离开我的！"汤姆的话突然间倾泻向盖茨比，"特别是为了一个一无是处的江湖骗子，连戴在她手指的戒指都要去偷的人。"

"我受不了了！"黛茜大喊道，"哦，拜托了，我们走吧。"

"不管怎样，你是谁啊？"汤姆突然说道，"你就是那班跟在迈耶·沃尔夫申姆身边的混混之一——我碰巧知道一些。我对你的事做过些小调查——我明天还要进一步调查你。"

"随你便吧，老兄。"盖茨比平静地说道。

"我知道你那些'药店'干的勾当。"他转向我们，快速地说道，"他和那个沃尔夫申姆在这里和芝加哥买下了许多街边的药店，在柜台上卖谷物酒。这只是他那些小伎俩中的一个。我第一次见他时就觉得他是个私酒贩子，而我那时的猜测八九不离十。"

"怎么了？"盖茨比礼貌地说道，"我想，你的朋友沃尔特·蔡司也没那么自恃清高，不也是干这行的吗？"

"他摊上事的时候，你们可抛弃了他，不是吗？你们让他在新泽西蹲了一个月的大狱。老天爷啊！你真该听听沃尔特是怎么谈论你们的。"

"他来找我们时，身无分文。他很高兴能赚些钱，老兄。"

"你可别再叫我'老兄'了!"汤姆喊道。盖茨比什么也没说。"沃尔特本来也可以告你们违反了赌博法,但沃尔夫申姆恐吓了他,让他闭嘴。"

那种陌生却又依稀可以认出的表情回到了盖茨比的脸上。

"药店生意还算小生意,"汤姆语速放缓,继续说道,"你们现在做的事,沃尔特怕得都不敢和我说。"

我瞥向黛茜,她惊恐地在盖茨比和她丈夫之间来回盯着看。我也瞥向乔丹,她的下巴上已经开始在平衡一件看不见却又有趣的物件。然后,我转向盖茨比——被他的表情吓了一跳。他看起来——我这么说时,可没把他花园里那些喋喋不休的诽谤之辞放在心上——就像刚"杀了个人"似的。一时间,他脸上的那副表情完全可以用那种异想天开的方式来描绘。

它随后消失,而他开始转向黛茜,激动地对她说着话,否认了所有指控,捍卫自己的名誉,称这些指控都与他无关。但听着这些话,她的身子越发蜷缩起来,所以他也不再解释,唯有那已然死去的梦想还在悄悄溜走的午后继续战斗,难过却又仍不死心地试图触碰那不再有形之物,向着房间那头已然沉默下来的声音靠近。

那个声音再一次祈求离开。

"求求你了,汤姆!我再也受不了了。"

她恐惧的目光诉说着,她曾有过的一切企图和勇气已经彻底消散了。

"你们俩回家吧,黛茜,"汤姆说道,"坐盖茨比的车走。"

她看着汤姆，目光此时显得警觉。但他带着宽宏大量的鄙夷，固执地说道。

"去吧。我不会再烦你了。我想他已经意识到了，他那自以为是、微不足道的逢场作戏已经结束了。"

他们走了，什么也没说，步伐快速，出乎意料，与世隔绝，如鬼魂一般，甚至来不及接受我们的同情。

过了一会儿，汤姆站起身，开始用毛巾裹上那瓶还没打开的威士忌酒瓶。

"要喝一口这个吗？乔丹？……尼克？"

我没有回答。

"尼克？"他再次问道。

"什么？"

"要喝点吗？"

"不了……我刚想起来，今天是我的生日。"

我三十岁了。在我前方，一条征兆不祥、来势汹汹的崭新十年之路延伸开来。

当我们与他一起坐上跑车驶向长岛时，已经七点钟了。汤姆絮絮叨叨说个不停，得意扬扬，面带笑意，但他的声音对乔丹和我而言，又显得遥远，好像人行道上的异国喧闹声音和头顶上高架桥发出的吵闹响动。人的同情有着界限，而我们也乐于让他们之间所有悲剧般的争吵随着身后城市中的亮光一样，变淡消失。三十岁啊——

十年孤身一人的允诺,认识的单身汉名单变得越来越短,热情的公文包变得越来越薄,头发也越来越稀疏。但乔丹还在我身旁,她与黛茜不同,明智地不再时刻顾念早已遗忘的梦想。当我们驶过昏暗的大桥时,她那憔悴苍白的面庞慵懒地落到了我外套的肩膀处,而三十岁给我带来的巨大打击也随着她手部传来的让人宽慰的压力消失不见。

所以,我们在越发凉爽的暮光中,继续驶向死亡。

年轻的希腊人米凯利斯在灰土堆旁经营着一家小咖啡馆,成为调查过程中的主要目击证人。在炎热的天气中,他一直睡到五点钟才起来。但他闲逛到修车铺时,发现乔治·威尔逊在办公室中,生着病——病得很重,他的脸色惨白,和他灰白色的头发一个颜色,全身颤抖着。米凯利斯建议他去睡一觉,但威尔逊拒绝了,说睡觉会让他错过许多生意。正当他的邻居试图劝服他时,一阵激烈的吵闹声在头顶上方响起。

"我把我老婆锁在上头了,"威尔逊平静地解释道,"她要一直在那里待到后天,那会我们就要搬走了。"

米凯利斯大吃一惊。他们已经做了四年邻居了,而威尔逊从来不像是能说出这种话的人。总的来说,他属于那种疲惫不堪的人:当他没在工作的时候,他就坐在门口的一张椅子上,注视着从路上经过的人和车;当有人与他说话时,他总是讨人喜欢地平静笑着。他属于他的妻子,而不属于自己。

因此,自然而然地,米凯利斯试图了解发生了什么事,但威尔逊什么也不愿意说——相反,他开始向拜访自己的人投去了古怪而怀疑的目光,询问米凯利斯在某天某时做了什么事。正当后者感到不安时,几个工人经过门口,去向他的餐馆,所以米凯利斯也借机离开了,计划过一会儿再回来看看。但他没有再回来过。他猜自己是忘记了这件事,仅此而已。刚过七点没多久,当他再次走出来时,他听见威尔逊太太在修车铺底层中发出的响亮斥责声,这让他想起了之前的对话。

"打我呀!"他听见她喊道,"把我摔在地上打我呀,你这个肮脏的小懦夫!"

过了一会儿,她冲了出去,跑进暮色之中,挥舞着双手,大喊大叫——还没等他从自家门口走开,整件事就结束了。

正如报纸上对它的称呼,那辆"死亡快车"并没有停下。它从不断聚拢的黑暗中冲出,在犹豫了一会儿后,便在第一个拐弯处不见了踪影。墨伏罗米凯利斯[1]甚至都不确定它的颜色——他告诉第一位警察,它是浅绿色的。另一辆开向纽约方向的车在前方一百英尺处停了下来,它的驾驶员匆匆往回跑向梅朵·威尔逊。她的生命之火已被粗暴地扑灭,跪在路上,浓稠的暗色鲜血与尘土混在了一起。

米凯利斯和这个人最先跑到她那里,但在他们扯开依旧被汗水浸湿的衬衣后,发现她左侧胸部就像片状下垂物似的耷拉着,已

---

[1] 原文为Mavromichaelis,是一个双关语。一方面,它是米凯利斯姓氏的全称;另一方面,由于Mavro有"糊涂蛋"之意,它也暗示了米凯利斯的性格特征。

没有再去听下方心跳的必要了。她张大着嘴,两边嘴角都撕裂了一点,仿佛她在放弃自己储存已久的巨大生命力时,哽咽了一下。

我们在离那儿还有段距离时就看见了三四辆汽车和人群。

"撞车了!"汤姆说道,"太好了。威尔逊终于要做点小生意了。"

他放慢车速,但依旧没有任何要停下来的意思。直到我们靠近时,修车铺门口那群人脸上肃静而专注的表情使他不由自主地踩下了刹车。

"我们去看一眼吧,"他疑虑重重地说道,"只看一眼。"

这时,我觉察到一阵沉闷的恸哭声不断地从修车铺中传来。随着我们下了跑车,走向门口时,那声音分解成了气喘吁吁的话语:"啊,老天爷啊!"一遍又一遍地呜咽着说道。

"这里有大麻烦了。"汤姆兴奋地说道。

他踮起脚,目光越过一圈脑袋,向修车铺里仔细看去,仅有的一盏黄光灯在头顶上方的金属篮中摇摇晃晃,照亮了屋子。随后,他的嗓子里发出了刺耳的一声响动,猛然用自己有力的手臂左推右挤,冲了进去。

人群又合了起来,不断地发出喃喃的劝告声。我在前一分钟还什么也看不见。随后,后来的人们打乱了阵线,乔丹和我也突然被推到了前头。

梅朵·威尔逊的尸体盖着一条毯子,后来又盖上了另一条毯子,

167

仿佛她在这个闷热的夜晚中着凉了似的。她躺在墙边的一张工作台上,汤姆背对着我们,正在她前方俯下身子,一动不动。在他身旁,一位骑摩托车的交警正在一个小本上记录着姓名,本子上有不少汗渍和涂改之处。高亢的呻吟声在空荡荡的修车铺中闹哄哄地回荡着,我起先还找不着它自何处而来——随后我看见威尔逊正站在办公室中立起的门槛上,双手握着门框,前后摇晃着身体。一些人正低声对他说话,不时地试图把手搭在他的肩上。但是,威尔逊对此充耳不闻,视而不见。他的目光从摇晃的灯缓缓地落向墙边那张放着尸体的桌子,然后又猛然看回那盏灯,不断地发出高亢而可怕的呼喊声:"啊,老天——爷啊!啊,老天——爷啊!啊,老天——爷啊!啊,老天——爷啊!"

就在此刻,汤姆猛然抬起头,目光呆滞地看向修车铺的四周,对那位警察咕咕哝哝地说出了一句话。

"墨——伏——"那位警察正说道,"沃——"

"不对,是'罗',"那个男人纠正道,"墨——伏——罗——"

"听我说!"汤姆恶狠狠地咕哝道。

"勒——乌——哦——"那位警察说道,"罗——"

"希——"

"希——"随着汤姆宽大的手掌猛然拍在他的肩膀上,他抬起了头,"你想干吗,伙计?"

"发生了什么事?——这是我想知道的。"

"车把她撞了。当场死亡。"

"当场死亡。"汤姆重复道,眼睛瞪着。

"她跑到路中间。那个王八蛋甚至连车都没停。"

"有两辆车,"米凯利斯说道,"一来,一走,明白吗?"

"走去哪里?"那位警察敏锐地问道。

"各一个方向。嗯,她……"——他的手抬了起来,指向那几床毯子的方向,但中途停下,落回身侧——"她跑到那里,然后一辆从纽约开来的车撞了她,时速在三十或四十英里。"

"这个地方叫什么名字呢?"那位警察问道。

"没有名字。"

一位肤色暗淡、穿着得体的黑人走近。

"是辆黄色的车,"他说道,"黄色的大车。新车。"

"你看见了这次事故吗?"那位警察问道。

"没有,但那辆车在下方的路段从我身边经过,开得可比四十英里快。足有五六十英里的样子。"

"过来这边,让我记一下你的名字。当心点。我要记一下他的名字。"

这段对话中的某些内容一定传到了正在办公室门口摇晃的威尔逊那边。突然间,一个新的话题出现在他气喘吁吁的叫喊声中:"你不用告诉我那是辆什么样的车!我知道那是什么样的车了!"

我看向汤姆,他肩膀后的肌肉块在他的外套下绷得紧紧的。他快步走向威尔逊,然后站在他面前,两只小臂紧紧地抓住他。

"你要振作起来。"他声音低沉沙哑地抚慰道。

威尔逊的目光落在汤姆身上。他身体向上踮起脚尖，要不是汤姆扶着他，他可能已经瘫跪在地上了。

"听着，"汤姆说道，微微地摇了摇他，"我一分钟前刚到这里，从纽约过来的。我正要把我们一直谈的那辆跑车开过来给你。我今天下午开的那辆黄色的车并不是我的——你听到了吗？我一整个下午都没见过它。"

只有那个黑人和我站得足够近，听到了他的话，但那位警察还是在他的语气中捕捉到了某些东西，眼神气势汹汹地看了过来。

"你说了哪些话呀？"他问道。

"我是他的一个朋友。"汤姆转过头，双手还是紧紧抓着威尔逊的身子，"他说，他认出了干出这事的车子……那是一辆黄色的车。"

某种隐隐的冲动使那位警察怀疑地看向汤姆。

"那你的车是什么颜色呀？"

"是辆蓝色的车，一辆跑车。"

"我们刚才一路从纽约开过来。"我说道。

一位跟在我们后面不远处的车主证实了这一点，那位警察便转身走开了。

"现在，请你让我再把那个名字正确地——"

汤姆像擒着一个布娃娃似的搂着威尔逊，将他带进了办公室，放在一张椅子上，然后回来。

"过来个人，陪他坐会儿。"他厉声命令道。他看着离他最近的两个人,那两人互相瞥了一眼,不情愿地走进了房间。随后,汤姆关上门,从仅有的一级台阶上走下,目光避开了那张桌子。当他从我身旁经过时,轻轻地说道:"我们离开这里。"

随着他带着权威的双臂开出了一条路,我们自觉地从还在不断聚集的人群中挤出,与一位匆匆而至的医生擦肩而过。他手上提着药箱,半个小时前被人喊来,希望他可以带来奇迹般的希望。

在我们转弯之前,汤姆开得很慢——随后,他的脚用力踩下,那辆车便飞驰在夜幕中。没过一会儿,我便听到一阵低沉而沙哑的呜咽声,看到泪水正从他的脸上流下。

"那个天杀的懦夫!"他抽泣道,"他甚至都没把车停下。"

突然间,布坎南家的房子通过沙沙作响的昏暗树林向我们飘来。汤姆把车停在门厅旁,抬头看向二楼。在那里,两扇窗户在藤蔓之中绽放出光亮。

"黛茜到家了。"他说道。当我们下车时,他瞥向我,微微皱眉。

"我应该把你送到西卵岛,尼克。今晚,我们什么也做不了了。"

他变了。他严肃地说着话,语气中带着决绝。我们走过月光照耀下的石子路,到达门厅。这时,他用简单的寥寥数语解决了这个情况。

"我会打电话叫辆出租车送你回家。你等车的时候,最好和乔丹去厨房吃点晚饭——如果你们想吃的话。"他打开了门,"进来吧。"

"不用了,谢谢。但如果你能为我叫辆出租车,我会很高兴。我就在外头等吧。"

乔丹把手放在了我的手臂上。

"你不进来吗,尼克?"

"不用了,谢谢。"

我觉得有点不舒服,想独自待一会儿。但乔丹又逗留了一会儿。

"才九点半。"她说道。

我才不进去呢。这一整天,我已经受够了他们所有人,突然间也包括乔丹在内。她一定是从我的表情中看到了什么,便突然转身走开,跑上门厅的台阶,进了屋子。我双手捧着头,坐了几分钟,随后听见屋内的电话被拿起和管家正在叫车的声音。之后,我缓步沿着车道走着,远离那栋房子,想要去门口等车。

还没走出二十英尺,我就听到有人在喊我的名字。同时,盖茨比从两簇灌木丛中走出,来到小路上。那时,我的感受一定很奇怪,因为我只想到了月下他身上那套粉红色西装的光亮。

"你在做什么呀?"我问道。

"只是站在这里,老兄。"

不知何故,这看起来都是一次让人厌恶的私闯民宅行为。以我的所知,他立刻便要去劫掠这座房子。就算我在他身后那片昏暗的灌木丛中看到几张邪恶的脸,"沃尔夫申姆的人"的脸,也不会感到惊讶。

"你回来的路上见过了些麻烦吗?"他过了一会儿问道。

"见到了。"

他陷入犹豫。

"她死了吗?"

"死了。"

"我想也是。我告诉过黛茜我想也是。长痛不如短痛。她就不用忍受痛苦了。"

他说着,仿佛唯有黛茜的反应才是重要的事情。

"我从一条小路开到西卵岛,"他继续说道,"然后把车停在我的车库里。我想没有人看见过我们,但是,当然了,我也不确定。"

此时此刻,我非常厌恶他,以至于我都觉得没有必要告诉他,他是错的。

"那个女人是谁呀?"他问道。

"她叫威尔逊。丈夫开了间修车铺。这鬼事到底是怎么发生的呀?"

"嗯,我试图转动方向盘……"他突然沉默,而我瞬间猜到了事实真相。

"是黛茜开的车吗?"

"是的,"他过了一会儿说道,"但当然了,我会说是我开的。你知道的,我们离开纽约时,她很紧张,她觉得开车能让她的情绪平稳下来——而那个女人冲向我们时,我们正与对面开来的一辆车会车。它一瞬间就发生了,看起来她好像要和我们说话,把我们当成了某个她认识的人。嗯,黛茜起先转向那辆车,试图避开了那个女人，随后她太紧张了，又把方向打了回来。我的手触到方向盘的那一秒，我就感觉到了撞击——她肯定当场就死了。"

"她被撞飞了……"

"别说了，老兄，"他畏畏缩缩地说道，"不管怎样，是黛茜踩了油门。我试着让她停下，但她做不到，所以我就拉上了手刹。随后，她摔在了我的膝盖上，接着我就把车开走了。"

"她明天就没事了。"他马上说道，"我只是打算在这里等着，看看他是否会用今天下午不愉快的事骚扰她。她把自己锁在了房间里，如果他试图动粗，她就会把灯熄灭，然后再打开。"

"他不会动她了，"我说道，"他没在想着她。"

"我不信任他，老兄。"

"你打算等多久呢？"

"如果有必要的话，整个晚上。不论如何，直到他们都睡着为止。"

我突然有了一个新的看法。如果汤姆知道是黛茜开的车，他也许会想到这事与他家有所牵连——他可能会产生任何的想法。我看着那座房子，底层有两三扇窗户亮着，而二楼黛茜的房间也射出了粉红色的微弱亮光。

"你等在这里，"我说道，"我去看看是不是有任何混乱的迹象。"

我沿着草坪的边缘往回走，轻手轻脚地穿过砾石路，踮着脚尖，上了游廊处的台阶。客厅的窗帘敞开着，我看见其中空无一人。我穿过了门厅。三个月前那个六月的夜晚，我们还在那里吃过饭。我来到了一个呈长方形的小片光亮处,我猜那是食品储藏室的窗户。百叶窗被拉了下来,但我发现了窗台上的一条缝隙。

黛茜和汤姆正在厨房的桌子上面对面坐着,中间放着一盘已经凉了的炸鸡和两瓶麦芽酒。他正专心地对桌子那头的她说着话,随后他的手真诚地落下,握住了她的手。她时不时地抬头看着他,表示同意地点了点头。

他们不高兴,谁也没有碰炸鸡或麦芽酒——但是,他们也并非不高兴。毋庸置疑,这个画面里有着自然的亲密氛围,任何人都会说他们是在一起密谋着什么事情。

当我踮着脚尖从门厅出来的时候,我听到我的出租车正在漆黑的道上摸索着前进的道路,朝房子驶来。在车道上,盖茨比还在刚才我与他分别的地方等待着。

"那上头一切都平静吗?"他焦急地问道。

"是的,一切都平静,"我犹豫地说道,"你最好回家睡一会儿。"

他摇了摇头。

"我想在这里等到黛茜睡着为止。晚安,老兄。"

他双手插进自己外套的口袋,急切地转过身,监视起那座房子,仿佛我的在场会损害守夜人的神圣性一样。因此,我走开了,留下他一个人站在那边的月光下——看护着已然不存在的东西。

Chapter 8

第八章

我整个晚上都睡不着,雾笛声不停地在海湾中呻吟。我像快要生病似的,在古怪的现实和野蛮而恐怖的噩梦中来回游走。即将拂晓之际,我听到一辆出租车开上了盖茨比的车道。我立刻跳下床,开始穿衣服——我觉得我想对他说些事情,警告他些事情,这些事拖到早上就太迟了。

闯过他的草坪,我看见他家前门还开着,而他正靠在大厅里的一张桌子旁,因为情绪低落或缺少睡眠而显得沉重。

"什么也没发生。"他有气无力地说道,"我一直等着,差不多四点钟的时候,她来到窗前,在那里站了一会儿,然后便关上了灯。"

那晚我们在一间又一间宽敞的屋子里找香烟抽,对我而言,他的房子从未显得如此巨大。我们将形如大帐似的窗帘推到一侧,在漆黑而无尽的墙面上摸索着点灯开关——有一次我还跌倒在了一台如幽灵般的钢琴的键盘上,发出了某种噼里啪啦的声音。到处都是厚厚的灰尘,不知从何而来,而房间内霉味浓重,仿佛它们已经好几天没通风似的。我在一张陌生的桌子上发现了一个保润烟盒,里头的两支烟味道难闻,已经干掉了。我们推开客厅里的法式窗户,在黑暗中坐下，抽起了烟。

"你应该离开，"我说道，"他们肯定会追查你的车。"

"现在走吗，老兄？"

"去大西洋城①待一周，或者北上去蒙特利尔。"

他不愿意考虑这些建议。在他知道黛茜的打算前，他不可能离开她。他还抓着最后一线希望，而我不忍心将他从上头甩落。

就在这个晚上，他对我说了自己年轻时和丹·科迪在一起的奇异故事——之所以告诉我，是因为"杰伊·盖茨比"已经被汤姆猛烈的恶意所击碎，碎得就像玻璃一样，且那出隐秘的华丽狂想剧也落幕了。我想现在的他也许会毫无保留地承认一切事情，他却想要谈谈黛茜。

她是他认识的第一位"好女孩"。在没暴露身份的情况下，他曾与这类人接触过许多次，但他们之间总有层无形的铁丝网。他兴奋地发现，她是个理想的人选。最初，他和其他泰勒营的军官们一起去她家拜访，随后便独自前往。她的家让他惊叹——他从未到过这样漂亮的房子。但是，让那座房子具有窒息般紧张氛围的原因则是，她住在那里——对于她而言，那座房子只是平常之物，就像他在军营中的帐篷一样。那座房子有着一股成熟的神秘感，暗示了楼上的那间卧室比其他房间更加漂亮和凉快，暗示了条条走廊里进行过的欢乐而喜庆的活动，还暗示了一个又一个烂漫的故事。这些故

---

① 位于新泽西州的一处度假胜地。

事没有霉味,也没有被储存在薰衣草里。它们新鲜如初,栩栩如生,使人想起今年刚生产的汽车,光鲜锃亮,也使人想起了场场舞会,其中的鲜花几乎不曾凋零。还使他感到兴奋的是,许多男人都迷上了黛茜——在他看来,这增加了她的价值。他在房里各处都感到了他们的存在,空气中弥漫着依旧生机勃勃的情绪留下的阴影和回响。

但他也知道,他之所以身处黛茜家中是出自一个巨大的偶然。不论他作为杰伊·盖茨比的未来会有多辉煌,他眼下只是一个身无分文、没有过去的年轻人。任何时候,他身上军服所带来的无形幌子都可能从肩头滑落。因此,他充分利用时间,贪婪而又不择手段地索取他能得到的一切——最终,他在一个十月的夜晚得到了黛茜,牵上了她的手,因为他没有真正的权力去触碰那只手。

他可能会鄙视自己,因为他确实是在虚假的伪装下得到了她。我的意思不是指他利用了自己魅影般的百万家产谋取私利,而是他刻意地为盖茨比带来了一种安全感,让她相信他是个来自和她几乎相同阶层的人——让她相信他完全有能力照顾自己。而事实上,他没有这样的条件——他身后没有富裕的家庭背景,而且还要服从一个缺乏人情味的政府的一时兴起,被送到世界上的任何地方。

但他没有鄙视自己,这也与他曾经的想象不一致。也许,他曾经只想在得到自己想要的东西之后便离开——但现在,他发现自己已然献身于对于一件无法触及之物的追寻。他知道黛茜与众不同,却没有意识到一位"好姑娘"能与众不同到何种地步。她消失在自己豪华的房子里,消失在自己富有而充实的生活中,什么也没为盖茨比留下。他觉得自己已然娶了她，仅此而已。

两天后，当他们再次相见，盖茨比便感到无法呼吸，感到自己莫名其妙地遭人背叛。在用金钱买来的星光奢华中，她家的门廊灯火辉煌，靠背椅上的竹条发出了时尚的嘎吱声。这时，她转向他，而他则亲吻了那张令人好奇的可爱小嘴。她得了感冒，这使她的声音比以往变得越发沙哑和迷人。而盖茨比也无法抵抗地意识到了那由财富所拘禁和保存的青春与神秘，意识到了许多衣服带来的新鲜感，还意识到了黛茜如银子般闪着微光，安全而骄傲地居于穷苦人们的激烈挣扎之上。

"我没办法向你描述我在发现自己爱上她时有多么惊讶，老兄。有一度，我甚至希望她能够把我甩了，但她没有那么做，因为她也爱上了我。她觉得我知道很多事情，因为我知道的事情和她不一样……嗯，我就这样，远离了自己的抱负，每时每刻，在这爱情中，越陷越深，突然间，我也就不再在意了。如果单是与她讲述我想要做的事情就能让我更加快乐，那去做那些大事还有什么意义呢？"

在他出国前一天的下午，他搂着黛茜沉默地坐了很长时间。那是个寒冷的秋日，屋中生着火，她双颊泛红。她不时地移动身体，而他也微微调整着自己的手臂，还在她有光泽的深色头发上吻了一口。那个下午使他们平静了一会儿，仿佛为次日即将发生的长期分离赋予了一段深刻的记忆。在他们相爱的那个月中，他们从未如此亲密,也未曾如此深入地交流。此刻,她沉默的双唇拂过他外套的肩部,而他则温柔地触及她的指尖,仿佛她已睡着了。

在战争中,他表现得异常良好。在出发上前线之前,他还是上尉。但在阿尔贡战役后,他就被提拔成了少校,指挥着一支机枪营部队。战争结束后,他疯狂地想要回国,却被阴差阳错地送去了牛津。他那时着急了——黛茜的信中透出一股紧张的绝望。她不明白为什么他回不来。她感受到了来自外界的压力,所以她想要见他,想要感受到他在自己身旁,确认自己做的事情是正确的。

黛茜还年轻,她矫揉造作的世界还使人想起兰花的芬芳、令她愉快和喜悦的自我优越感以及定下年度节奏的管弦乐队。那些乐队用新的曲调总结了生活的悲苦和启示。整个晚上,萨克斯哀号着《比尔街的布鲁斯》①做出的绝望评论。与此同时,上百双或金或银的舞鞋在地上拖动,扬起闪亮的灰尘。在灰暗的下午茶时间,总有房间持续悸动出微弱而甜蜜的狂热,周围一张张陌生的面孔如同玫瑰花瓣般,被四周地板上悲伤的号声吹动。

在这个暮光中的宇宙里,黛茜随着季节的更替开始动摇。突然间,她再次开始每天与六个男人进行六场约会,在破晓时分才昏沉入睡,晚礼服上的珠子和绸带与枯萎的兰花缠绕在一起,被丢在了

---

① 自1917年开始流行的一首歌曲。比尔街位于田纳西州孟菲斯市,是一处知名的红灯区。

床边的地板上。每时每刻,她心中的某件事总在哭喊,想要做出一个决定。那时,她想要自己的生活成形,不愿再等,而那个决定必须通过某种力量做出——通过爱、金钱、毋庸置疑的实用性——某种唾手可得的力量。

随着汤姆·布坎南的到来,这股力量在仲春时节成形。他身体强健,地位也重要,这使黛茜感到满意。毫无疑问,黛茜一定做过些挣扎,又一定得到了解脱。当盖茨比收到信时,他还在牛津。

现在的长岛正处于黎明时分,我们走来走去,打开了楼下的其余的窗户,使逐渐由鱼肚白变为金色的阳光填满了房子。一棵树的影子突兀地落在了露水上,而如幽灵般的鸟儿则开始在青色的叶子间歌唱。几乎无风,空气也就缓慢而使人舒适地流动,预示了一个凉爽而美好的日子。

"我认为她从没爱过他。"盖茨比转过身,背对着窗户,带着挑战的姿态看着我,"你一定还记得,老兄,他昨天下午很激动。他告诉她的那些事,把她吓到了——那也让我看起来像个低级的骗子。结局就是,她几乎不知道自己在说什么。"

他郁闷地坐下。

"当然了,在他们刚结婚的时候,她可能爱过他一小段时间——但她爱我的时间比那长,你明白吗?"

他突然蹦出一句让人好奇的话。

"不管怎样,"他说道,"那都是她个人的事。"

除了猜想他对这件无法估量之事的构想中存有的强烈情感，你还能从那其中听出什么来呢？

当他从法国回来时，汤姆和黛茜还在度蜜月。而他忍不住，用尽自己最后一点军饷，难受地回到了路易斯维尔州。他在那里待了一周时间，走街串巷。在那个十一月的夜晚，他们的脚步声在那些地方重合在一起。他还重访了一些偏远的地方，他们曾开着她的白色汽车到过那里。在他看来，黛茜的房子始终比其他的房子要更加神秘和欢乐，相同地，这也是他对于这个城市本身的看法，即便她已经离开了这里，这个城市依旧弥漫着一种忧郁的美感。

他离开了，心想如果他之前更加努力地寻找，他也许已经找到她了——但他要将她抛下了。普通客车里——他那时身无分文——很热。他走出车厢，来到两节车厢的开放连接处，坐在一张折叠椅上。车站滑向远方，一栋栋陌生建筑的背面自面前移过。随后，火车向城外行驶，进入春意盎然的田野。在那里，一辆载着人的黄色电车与他们赛跑了一会儿。车上的人也许曾经在街上不经意间见过她脸上苍白的魔力。

铁轨拐了一个弯，如今正远离太阳。随着太阳落下，它看起来将自己铺展开来，祝福着将那座她曾呼吸过而如今正在消失的城市笼罩。他绝望地伸出手，仿佛只想要抢夺一缕空气，从这个由她而变得美好的地点夺下一个片段保存起来。但对于他因泪水而模糊的双眼来说，它现在逝去的速度太快了，而他知道自己已经失去了其中一部分，那最清新、最美好的一部分，永远地失去了。

我们九点钟吃完早饭，走到屋外的门廊处。那个夜晚使天气发生了明显的变化，空气中有了秋天的味道。一位花匠来到台阶下方，他也是盖茨比之前的仆从中剩下的最后一个。

"我今天要放掉泳池里的水，盖茨比先生。不久之后就要开始落叶了，每次都会给水管带来麻烦。"

"今天先别放。"盖茨比回答道。他抱歉地转向我："你知道的，老兄，我一整个夏天都还没用过这个泳池。"

我看了看手表，然后起身。

"我的火车还有十二分钟就要到了。"

我并不想去城里。我不配去做那份得体的工作，但还有其他原因——我不想离开盖茨比。我错过了那趟车，随后又错过了另一趟，最后才让自己离开。

"我会给你打电话的。"我最终说道。

"给我打电话，老兄。"

"我大约中午的时候给你打电话。"

我们缓慢地走下台阶。

"我猜黛茜也会打电话来。"他焦虑地看着我，仿佛他希望我证实这句话。

"我猜她会吧。"

"嗯，再见。"

我们握了握手，我起步离开。当我就要走到树篱时，我记起某件事情，随即转过身。

"他们是一群烂人,"我在草坪那头喊道,"那群该死的放在一起都比不过你。"

我一直都为自己当时说了那句话而感到高兴。那是我唯一一次称赞他,因为我从始至终都是不赞成他的。他先是礼貌地点点头,然后脸上绽放出灿烂而心领神会的微笑,仿佛我们对于这个事实一直有着欣喜若狂的默契。在白色的楼梯前,他身上华丽的粉色西装形成了一个鲜艳的彩色圆点,让我想起了三个月前的那个晚上,我第一次来到他"祖籍地①"的时候。草坪和车道上挤满了一张张脸孔,猜疑着他的堕落和腐化——而他就站在那些台阶上,隐藏起自己不受腐蚀的梦想,向他们挥手道别。

我谢过了他的款待。我们总是因为那个原因向他表示感谢——我与其他人。

"再见。"我喊道,"谢谢你的早餐,盖茨比。"

到了城里后,我试着登记了一会儿那些没完没了的股票行情,随后便在转椅上睡着了。快到中午时,一个电话吵醒了我。我突然站起,汗水在前额上霎时冒出。电话那头是乔丹·贝克。她常在这个时间给我打电话,因为她行踪不定,常在饭店、俱乐部和私人住宅间徘徊,这使得我在其他时间难以找到她。她的声音通过电话线

---

① 盖茨比并没有祖籍地,而此处所谓的祖籍地则指盖茨比新近买下或租下的那座大宅子。

传来，通常听起来清新凉爽，仿佛高尔夫球场上削起的一块草皮从办公室的窗户飘了进来。但在这个上午，她的声音听起来刺耳而干涩。

"我已经搬出黛茜的房子了，"她说道，"我在汉普斯泰德①，打算今天下午去南安普顿②。"

也许，离开黛茜家的做法圆滑，但这个举动让我感到厌恶，而她的下一句话则让我变得严肃。

"你昨晚对我的态度不好。"

"那个时候，这事还重要吗？"

一阵沉默。她随后说道："可是——我想见你。"

"我也想见你。"

"假如我不去南安普顿了，今天下午可以进城去找你吗？"

"不行——我觉得今天下午不行。"

"好吧。"

"今天下午没有可能。很多……"

我们就像那个样子聊了一会儿，随后我们突然间都不再说话了。我不知道是谁"咔嗒"一声挂断了电话，但我知道自己并不在乎。就算我再也不能在这个世界上与她说话，我那天也没法与她坐在一张茶桌上对谈。

几分钟后，我给盖茨比家打去电话，但总是占线。我试了四次，

---

① 长岛上的一个小镇，具有悠久历史，可追溯回殖民时期。
② 长岛上的另一个小镇，历史也可追溯回殖民时期。

最终一位恼怒的接线员告诉我，那条线路正被腾出来，等着一个从底特律到来的长途电话。我拿出火车时刻表，在三点五十分那班车的位置画上了一个小圆圈。随后，我身子后仰，靠在椅子上，试图思考。时间刚好来到正午。

那天上午，当我坐火车经过灰土堆时，我刻意穿到车辆的另一边。我猜想一定会有一群好奇之人一整天围在那里，其中小男孩们会在尘土中搜寻着暗色的血渍，一些多嘴的男人会一遍又一遍地讲述着发生的事情，直到连他们都觉得整件事变得越来越失真，都没法说了，而梅朵·威尔逊的悲惨的结局则被别人所遗忘。现在，我想往回退一点，讲讲前一天晚上我们离开那里之后发生在修车铺里的事情。

他们在寻找她的妹妹凯瑟琳时遇到了些困难。那晚，她一定是打破了自己不喝酒的规矩，因为当她到达时，她已被酒精折腾得糊里糊涂，就是不明白救护车已经开去了法拉盛。当他们说服她相信这件事时，她立刻就晕了过去，仿佛那是这件事情中让她无法忍受的部分。有个人出于慷慨或好奇带她上了自己的车，载着她沿着她姐姐尸体行进的路线驶去。

午夜过后良久，不断变换的人群依旧围在修车铺前头，热切地探听消息。与此同时，乔治·威尔逊在里头的沙发上前后晃动身体。办公室的门敞开了一段时间，每一个进入修车铺的人都难以抗拒地朝里头瞥了一眼。最终，有人说不应该这样做，然后便关上了门。

米凯利斯和其他几个人陪着他。一开始有四五个人,后来只剩下两三个人。再后来,米凯利斯不得不请那最后一位陌生人再等上十五分钟,其间他回到自己的地盘,沏了一壶咖啡。在那之后,他独自待在那里陪伴威尔逊,直到黎明时分。

大约三点钟的时候,威尔逊的状态变了,不再像之前那样语无伦次地嘀嘀咕咕——他变得安静了些,开始谈论那辆黄色的汽车。他说自己有办法知道那辆黄色车的车主是谁,然后又漏嘴说出几个月前他的妻子鼻青脸肿地从城里回来的事。

但当他听到自己说这件事情时,便畏畏缩缩,又开始呻吟喊道:"哦,老天爷啊!"米凯利斯便笨拙地试图转移他的注意力。

"你们结婚多久了呀,乔治?加油,试着平静地坐一会儿,回答我的问题。你们结婚多久了呀?"

"十二年了。"

"有过孩子吗?加油啊,乔治,平静地坐着——我问了你一个问题。你们有过孩子吗?"

坚硬的棕色甲壳虫不断地撞击着昏黄的灯,只要米凯利斯听到有车在外头的路上驶过,听起来都像是几个小时前那辆没有停下来的车。他不喜欢走进那间修车铺,因为那张尸体刚刚躺过的工作台污渍斑斑。因此,他不自在地在办公室里绕来绕去——在天亮前,他已经知道了里面的所有物件——时不时地坐在威尔逊身旁,试图让他再平静一点。

"你有常去的教堂吗,乔治?或许,有没有一所你已经很长时间都没去过的教堂呢？我也许可以打个电话给教堂，让一位牧师过来，让他和你谈谈，你明白吗？"

"我不信教。"

"你应该去教堂，乔治，为了处理像这样的关头。你一定得去一次教堂。你难道不是在教堂里结的婚吗？听着，乔治，听我说。你难道不是在教堂里结的婚吗？"

"那是很久以前了。"

为了回答问题，他身体的摆动节奏停了下来——沉默了一会儿。随后，那有意识却又迷惑的相同神情回到了他憔悴的目光中。

"看看那边的抽屉。"他指着桌子说道。

"哪一个抽屉呢？"

"就是那个抽屉——就那个。"

米凯利斯拉出了距离自己最近的那个抽屉。里面只有一条用银线编织的小巧昂贵的皮狗链。它明显是一条新的狗链。

"是这个吗？"他拿起它问道。

威尔逊看着它，抬起了头："昨天下午，我发现了它。她试图对我编故事，但我知道这事有蹊跷。"

"你是指你的妻子买了它吗？"

"她用薄皱纸包着它，把它放在梳妆台上。"

米凯利斯并没从中听出有什么奇怪之处，然后给威尔逊讲了十几条他妻子可能买那条狗链的理由。但他相信，威尔逊以前曾从梅朵那里听过其中几条相同的解释，因为他又开始低声地说道："哦，我的老天爷啊!"——安慰他的人便不再说出其他几条理由了。

"然后他就杀了她。"威尔逊说道。他的嘴猛然一张。

"是谁干的?"

"我有办法知道。"

"你病了,乔治。"他的朋友说道,"这件事伤害了你,你不知道自己在说什么。你最好试着安静地坐到上午。"

"他杀了她。"

"这是一场事故,乔治。"

威尔逊摇了摇头。他的双眼眯起,嘴巴微微咧开,鬼魅地"嗯"了一声。

"我就知道,"他笃定地说道,"我信任别人,也从不曾将任何人想得太坏,但如果我想知道一件事,我会知道的。就是那个在车里的男人。她跑出去,想和他说话,而他不愿意停车。"

米凯利斯也目睹了这场景,但没有意识到这其中有什么特殊的含义。与其说威尔逊太太试图想要逼停任何一辆车,他更愿意想象她是想要从自己的丈夫身边逃走。

"她怎么会是那样的人呢?"

"她的心思藏得很深,"威尔逊说道,仿佛是在回答这个问题,"啊——啊——啊——"

他又开始摇晃身子,而米凯利斯站着,手上扭转着那条狗链。

"也许我可以打电话通知你的一些朋友,乔治?"

这种希望是渺茫的——他几乎可以肯定,威尔逊没有朋友:他都应付不来自己的妻子。后来,他注意到房间里的变化,窗户开始发出青光,这让他感到一丝高兴,因为他知道天快要亮了。大约五点钟时,屋外已经足够蓝,可以把灯关掉了。

威尔逊呆滞的双眼看向那处灰土堆。在那里,一朵朵微小的灰色云彩显出美妙的形态,在微弱的晨风中四处疾走。

"我对她说过,"在一阵长时间的沉默后,他咕哝了一句,"我告诉过她,她也许可以骗我,但没有办法骗老天爷。我把她带到那扇窗户边,"——他费力地站起来,走到后头那扇窗户边,俯身把脸贴了上去——"然后我说,'老天爷知道你都干了什么事。你做的每一件事。'她也许可以骗我,但没有办法骗老天爷!"

米凯利斯站在威尔逊身后,惊讶地看见他正在看着T. J. 艾克伯格医生的双眼。那双眼睛暗淡而巨大,刚刚才从消散的夜色中显现出来。

"老天爷看见了一切。"威尔逊重复道。

"那是个广告啊。"米凯利斯对他肯定地说道。某些事使他从窗户处转离,转身看向屋内。但威尔逊在那里站了很久,脸紧挨着窗户玻璃,朝向晨光点着头。

到六点钟时,米凯利斯已经筋疲力尽,但屋外传来的停车声让他感到高兴。那是昨晚的一位看护者,承诺会再回来。因此,米凯利斯煮了三个人的早饭,并和他一起吃了。威尔逊现在安静多了,而米凯利斯也回家睡觉去了。四个小时后,当他醒来匆匆赶回修车铺时，威尔逊已经不在了。

后来发现，他的行动轨迹——他一直步行——先是到过罗斯福港，后来到了贾德山。在那里，他买了一个三明治和一杯咖啡，但他并没吃那个三明治。他一定疲惫不堪，走得缓慢，直到中午才到达贾德山。至此，他的行动轨迹不难解释——有几个男孩曾见过一个"行为有些疯疯癫癫"的人，几位司机也曾看见他神情古怪地在路边盯着他们看。但他也从人们的视野中消失了三个小时。根据他曾对米凯利斯说过的那句他"有办法知道"，警察猜想他在那段时间逐一去过附近的修车铺，询问黄色汽车的线索。可是，修车铺的人都没见过他来过，也许，他找到了一个更加简单和有把握的办法，去了解他想知道的事情。到两点半时，他身处西卵岛，向人打听去盖茨比家的路。因此，在那个时候，他已经知道了盖茨比的名字。

在两点钟时，盖茨比穿上了泳衣，并留言嘱咐管家，如果有人来电，就到泳池通知他。他去车库，取出了一个充气垫。一整个夏天，这个充气垫曾让他的客人们玩得很开心。司机帮他充好了气，他随即也要求司机，无论如何，都不要把那辆敞篷车开出去——这很奇怪，因为那辆车右前方的挡泥板需要修了。

盖茨比肩扛着气垫走向泳池。他曾停下略微调整了气垫，司机因此问他是否需要帮助。但他摇了摇头，很快便消失在日渐发黄的树林中。

虽然没有人打来过电话，但管家还是没有去午睡，等到了四点钟——直到就算有电话打来,他也没有可以转达的人了。我想盖茨比自己并不相信会有电话打来,也许他也不再在乎这件事了。如果真是如此,他一定觉得自己已经失去了过往的那个温暖世界,觉得自己为长时间生活在一个单一梦想下而付出了巨大的代价。他一定曾抬头,透过让人恐惧的树叶,看向一片陌生的天空。而当他发现玫瑰终究是件怪诞荒唐之物,觉察到阳光照耀在还未长齐的草地上是何等生涩之时,他一定浑身发颤。一个新的世界,其中客观存在尚不真实。[①]在那里,可怜的幽灵如呼吸空气般吞吐着梦想,不经意间在四处飘荡……就像那个面色苍白的古怪身影一样,穿过形状不规则的树林,朝着他滑去。

司机——他是沃尔夫申姆的手下——听到了枪声,后来,他只能说自己并未对此过多注意。我直接从车站去了盖茨比家,而当我焦急地冲上了前门的台阶时,人们才开始意识到大事不妙。但我确信,他们那时已明白了事情的严重性。未发一言,司机、管家、花匠和我四人匆匆地跑向下方的泳池。

随着流入的水流从一端涌向另一端的排水管时,池中的水微微起伏,几乎不可觉察。那片气垫在还算不上波浪的微弱涟漪的带动下,载着重物,无规律地在泳池中浮动。一阵连水面都吹不皱的小风便可扰乱它偶然的航向,而它上头则承载着偶然的负担。一簇树叶的碰触缓缓地让它旋转起来,如同圆规的划脚一样,在水中留下

---

① 该句影射德国哲学家康德关于外在表象、实质和真实存在的哲学思辨。

了一圈浅浅的红色痕迹。

在我们将盖茨比送往屋中后,花匠看见了不远处草丛中威尔逊的尸体,而这场屠杀也至此完结。

Chapter 9
第九章

两年之后，我回想起那天剩余的时间，那个晚上和第二天，只记起络绎不绝的警察、摄影师和报社记者如钻头般在盖茨比家门前进进出出。大门处拉起了一根绳子，警察用它阻止好事者的进入，但小男孩们不久便发现他们可以穿过我家的院子进去，因此总有几个小男孩张着嘴巴在泳池旁聚集。一位神态自信的人，也许是一位侦探，在那天下午俯身看了威尔逊的尸体后，做出了"疯子"的表述，而他偶然而发之言中带有的权威也为第二天早晨的新闻报道定下了基调。

那些报道中的大多数都是噩梦——怪诞荒唐，充斥臆测，急于定性且罔顾事实。当米凯利斯在调查中的证词揭露了威尔逊对他妻子的怀疑时，我想整个故事可能不久就会被加上猥琐的讽刺色彩——但本可说些什么的凯瑟琳缄默不语。在这件事情上，她也展现出了让人惊讶的品格——坚毅的双眼在她那修过的眉毛下看着验尸官，发誓自己的姐姐从未见过盖茨比，姐姐与姐夫之间的关系也和和美美，不曾卷入过任何胡闹之中。她把自己都说服了，边哭边用手帕擦眼泪，仿佛此类暗示超出了她的承受范围。因此，威尔逊被归类为一个"因悲痛而神经错乱"的男人，以便这个案子可以停留在它最简单的层面上。而它也就此休止。

但这一部分看起来都显得遥远和不重要。我发现自己站在盖茨比一边,独身一人。自我打电话将这则不幸的消息告知西卵村起,每一则关于他的猜想,每一个实际的问题,都提及了我。起先,我感到惊讶和困惑。随后,当他躺在自己的屋子里,不再动弹、呼吸或说话,一个又一个小时,我逐渐意识到自己成了负责人,因为没有其他人感兴趣——我的意思是,对此表示出强烈的个人兴趣,而每一个人在生命的终点都对这种兴趣存有某种模糊的权力。

在我们发现他半个小时后,我本能地打电话给黛茜,丝毫没有犹豫。但她和汤姆已在那天下午早些时候离开,随身带走了行李。

"没有留下地址吗?"

"没有。"

"说过什么时候会回来吗?"

"没有。"

"知道他们在哪里吗?我怎样才能联系上他们呢?"

"我不知道。不好说。"

我想要给他找些人来。我想要走进他躺着的房间,抚慰他说:"我会给你找些人来,盖茨比。别担心。相信我,我会给你找些人来。"

电话簿上没有迈耶·沃尔夫申姆的名字。管家给了我他在百老汇的曾用地址,我便给查号台打去电话。但当我拿到号码时,早已过了五点钟,没有人接听电话。

"你可以再打一遍吗?"

"我已经打了三次了。"

"这很重要。"

"抱歉。恐怕那边没人。"

我回到客厅,有一阵子在想,所有这些突然挤满客厅的官方人员都是碰巧到访而已。虽然他们拉开布单,目光震惊地看着盖茨比,我的脑中却持续萦绕着他的抗议声:"注意,老兄,你得给我找些人来。你得努力点。我一个人经受不了这一切。"

有人开始问我问题,但我逃脱了出来,上楼匆忙地查看他桌子上没有上锁的地方——他从没明确地告诉我他的父母已经身故。但那里什么都没有——只有那张丹·科迪的照片,一种为人所遗忘的暴力象征,从墙上盯着下方看。

第二天上午,我派管家去纽约,送信给沃尔夫申姆。信中向他打听消息,催促他坐下一班火车过来。我在写信的时候,觉得这个要求看起来有些多余。我确定他一看到报纸就会动身前来,正如我确定黛茜会在中午前发来电报一样——但是,电报和沃尔夫申姆先生都没有到,除了越来越多的警察、照相师和报社记者,谁都没有来。当管家带回了沃尔夫申姆的答复时,我开始感到一种蔑视,感到盖茨比和我团结一致地站在一起,鄙夷地对抗着他们所有人。

亲爱的卡拉威先生:

对于我来说,这是我这辈子遇到的最可怕的打击之一,我几乎不能想象这件事真实地发生了。我们都应该想想那个人做出的疯狂举动。我现在无法过去,因为我被一些很重要的事缠住了,现在不能掺和进这件事。如果稍后有任何我能做的事,让埃德加带信给我,让我知道。我听到这样的事时,几乎都不知道自己在哪里,我被彻底地击倒了,击晕了。

您忠实的

迈耶·沃尔夫申姆

此后仓促地在下方补充道:

请让我知道葬礼等事宜。又及:完全不认识他的家人。

那天下午,电话响了,里头的长途接线员说芝加哥来电,我想黛茜终于还是来电了。但电话接通后,是一个男人的声音,听起来十分微弱遥远。

"我是施莱格尔……"

"有什么事吗?"这是个陌生的名字。

"糟糕的消息,不是吗?收到我的电报了吗?"

"这儿没收到过电报。"

"小帕克有麻烦了,"他快速地说道。"他在把债券递过柜台时被他们抓住了。就在五分钟前,他们收到从纽约来的通知,得到了那些号码。你对那事知道多少,嘿?这些乡下镇子上的事真不好说……"

"你好！"我气喘吁吁地打断了他，"注意……我不是盖茨比先生。盖茨比先生死了。"

电话线路另一头沉默了很长一段时间，继而是一声惊呼……然后咔嗒一声后，电话被挂断了。

我想那是在第三天，一封电报从明尼苏达州的一个小镇寄到了这里，署名是亨利·C. 盖茨。上头只说发报人将立刻启程，推迟葬礼，等他过来。

那是盖茨比的父亲，一位肃穆的老者，十分无助和沮丧，在温暖的九月天中，裹着一件廉价的长款厄尔斯特大衣。他的双眼不停地流露出激动的神情。当我从他手上取过包袱和雨伞时，他开始不断地捋自己零落的灰白胡须，以至于我好不容易才帮他脱下大衣。他几近崩溃，于是我便带他去音乐室，一边让他坐下，一边派人去拿些吃食。但他并不想吃，杯中的牛奶也由于他手上的颤抖洒了出来。

"我在芝加哥的报纸上看到了，"他说道，"芝加哥的报纸上都是关于他的报道。我立刻就动身了。"

"我不知道如何才能联系上您。"

他的目光空洞，不停地向房间里四面看。

"是个疯子干的，"他说道，"他一定是疯了。"

"您想喝些咖啡吗？"我劝说道。

"我不需要任何东西。我现在没事，——先生。"

"卡拉威。"

"嗯，我现在没事。他们把吉米放在哪里了？"

我带着他进入客厅，那里躺着他的儿子，我便将他留在了那里。几个小男孩跑上了台阶，正往门厅里头望。当我告诉他们到访之人的身份时，他们不情愿地离开了。

过了一会儿，盖茨先生打开门走了出来。他半张着嘴，脸上微微发红，眼中时不时渗出泪水。他已到了这个年纪，不会再为死亡感到特别地惊讶。而当他此刻第一次看向四周，见到门厅的巍峨和华丽，见到它连接着的一间间宽敞房间又通往其他的房间，他的悲伤开始与一股带着敬畏的骄傲之情混杂在一起。我帮助他走到楼上的一间卧室，在他脱下大衣和背心时，我告诉他所有的安排都已经被延后，等待他的到来。

"我不知道您想怎么办，盖茨比先生……"

"我的名字是'盖茨'。"

"……盖茨先生。我觉得您可能想把他的遗体带回西部。"

他摇了摇头。

"吉米总是更喜欢东部。他在东部上升到了这个地位。你是我家小子的朋友吗，先生？"

"我们是很好的朋友。"

"他有一个远大的前程，你知道的。虽然他在这里只是个年轻人，但脑子有许多力量。"

203

他声情并茂地碰了碰自己的头,而我也点点头。

"如果他还活着,他会成为一个伟大的人。一个像詹姆斯·J.希尔①一样的人。他会帮助这个国家的建设。"

"没错。"我不自在地说道。

他笨拙地拉扯绣了花的床罩,试图从床上拉出它,然后僵直躺下——一下就睡着了。

那个晚上,一个明显受了惊吓的人打来电话,在他表明身份前,要求知道我是谁。

"我是卡拉威先生。"我说道。

"哦!"他的声音中带着释然,"我是克里普思普林格。"

我也感到释然,因为这似乎意味着盖茨比的坟前又会多上一位朋友。我不想让这事见诸报端,吸引来一群看热闹的人,因此我都是一直亲自给几个人打电话。他们都不好找。

"明天举行葬礼,"我说道,"下午三点钟,就在他的家里。我希望你通知其他有意参加的人。"

"哦,我会的。"他匆忙地脱口而出,"当然了,我不太可能遇到其他人,但如果遇见了,我会转告。"

他的口吻让我感到怀疑。

"当然了,你自己会来的。"

"嗯,我肯定尽力。我打电话来是想……"

---

① 美国铁路大亨,其老家也是明尼苏达州的圣保罗,与菲茨杰拉德一样。

"等一下,"我打断他,说道,"为什么不说你会来呢?"

"嗯,事情是这样的……这件事的情况是,我正和一些人待在格林尼治①,他们非常想要我明天和他们待在一起。事实上,会有些野餐之类的事情。当然了,我会尽全力想办法离开。"

我不由自主地突然"哼"了一声,而他也一定听到了,因此他紧张地继续说道:

"我打电话来是想要我落在那里的一双鞋。我想劳烦管家把它们寄给我。你听我说,那是双网球鞋,要是没有它们,我这儿会有点儿无助。我的地址是,B.F.……"

我没有听见后头的名字,因为我把电话给挂断了。

在那之后,我为盖茨比感到惋惜——我给一位绅士打过电话,但他却暗示盖茨比是咎由自取。可是,那是我的错,因为他就是那群人中的一个,在盖茨比家烈酒怂恿起勇气的作用下,常常刻薄地讥讽盖茨比。而我应该知晓这点,不给他打电话。

葬礼那天上午,我去纽约见迈耶·沃尔夫申姆,因为我没法通过其他办法联系上他。在电梯服务员的指引下,我推开了标有"反犹企业"②的大门,起初里头看似无人。在我喊了几声"你好"都没有得到回应后,一块隔板后突然传出了一阵争吵声。没过一会儿,一位可爱的犹太女士便出现在里面一个房间的门口处,用充满敌意

---

① 地处康涅狄格州的一个富庶小镇,位于纽约市北部。
② 此处有反讽之意,因为沃尔夫申姆本人就是犹太人。

的乌黑双眼审视着我。

"没有人在里面，"她说道，"沃尔夫申姆先生去芝加哥了。"

这话的前半部分显然是谎话，因为里面有个人刚才还在没腔没调地吹着《玫瑰经》。

"请转告，卡拉威先生要见他。"

"我又没法把他从芝加哥弄回来，对吧？"

就在这时，一个毫无疑问就是沃尔夫申姆的声音从门的另一侧喊了句"斯黛拉！"

"把你的名字写在桌上，"她快速说道，"他回来的时候，我会交给他。"

"但我知道，他就在那里。"

她朝着我走了一步，双手生气地在自己的臀部处上下滑动。

"你这样的年轻人老是觉得自己可以随时闯进来，"她斥责地说道，"我们对此都感到厌倦了。我说他在芝加哥，他就在芝加哥。"

我说出了盖茨比的名字。

"哦——哦！"她重新看向我，"你可以——你叫什么名字呢？"

她走出房间。过了一会儿，迈耶·沃尔夫申姆严肃地站在通道里，伸出双手。他把我拉进办公室，恭敬地说这对于我们来说都是个悲伤的时刻，并递给了我一根雪茄。

"我的记忆回到了我第一次见他的时候，"他说道，"一位年轻的少校刚从军队退伍，身上挂满了从战争中获得的奖章。他那时手头没钱，买不起日常的衣服，所以不得不继续穿着他的军装。我第一次见他是在第四十三街,他走进怀恩布兰那的台球室,想找份工作。他已经好几天没吃过东西了。'过来,和我一起吃点午饭。'我说道。他在半个小时里,吃了超过四美元的东西。"

"是你帮助他发家的吗?"我问道。

"帮他发家!是我给了他生意做。"

"哦。"

"我把他从一无所有中培养了起来,从贫民窟里把他拉了起来。我立马就看出,他是个仪表堂堂、有绅士风度的年轻人。当他告诉我他在牛津读过书时,他就知道我能好好用用他。我把他弄进了美国退伍军人协会,他在那里也身居高位。没过多久,他就替我们在阿尔巴尼的客户做了些工作。在每一件事情上,我们的合作都像这样紧密,"——他伸起两根粗胖的手指——"总是在一起。"

我好奇这种合作关系是否也包括一九一九年的世界系列赛。

"现在他死了,"我过了一会儿说道,"你是他最亲密的朋友,所以我知道你会想要出席他今天下午的葬礼。"

"我想去。"

"嗯,那就来吧。"

他的鼻毛微微颤动了一下。他摇着头,眼中充满了泪水。

"我不能去——我不能卷进这件事。"他说道。

"你不会卷进任何事的。现在,一切都结束了。"

"无论如何,当一个人被害时,我都从不让自己卷进去。我置身事外。我年轻的时候,事情就不一样——如果我的朋友死了,我都会和他们死磕到底。你可能会觉得那有些感情用事，但我是认真的——死磕到底。"

我明白了，出于他自身的某种原因，他决意不来，因此我站起身。

"你读过大学吗？"他突然问道。

有一段时间，我想他正准备暗示些"关系"，但他只是点点头，握了握我的手。

"让我们学着在他还活着的时候展现出我们的友谊，而不是在他死后。"他建议道，"人死后，我自己的原则就是让一切都随它去吧。"

我离开他办公室的时候，天色已经变暗，我也在下雨中回到了西卵岛。我换了身衣服，之后便去到隔壁，发现盖茨先生正兴奋地在门厅中上下走动。他对于自己儿子的自豪感，对于自己儿子所拥有的财富的自豪感正在不断地增长。现在，他想给我看些东西。

"吉米给我寄过这张照片。"他颤抖的手指拿出了钱包，"看这儿。"

照片里有一座房子，照片的四角已有了裂纹以及许多只手留下的污渍。他热切地对我指出其中的每一处细节："看这儿！"随后在我的目光中搜寻着赞美之情。他常常展示这张照片，让我觉得这张照片对于他而言比那座房子本身还要真实。

"吉米把它寄给了我。我觉得它很漂亮，很清晰。"

"很好。你最近见过他吗？"

"他两年前来见过我，买下了我现在居住的房子。当然了，他离家出走时,我们的关系破裂了,但我现在明白了,这事是有原因的。他知道自己未来前程远大。而自打他成功后,对我也是非常慷慨。"

他看起来不愿意收起这张照片,并在我的面前又多举了一分钟。随后,他将照片放回钱包,又从口袋中拉出了一本破破烂烂的旧书,书名是《卡西迪牛仔》[1]。

"看这儿,这是他小时候读过的书。从它就能看出。"

他打开书,翻到封底,倒过来让我看。封底的衬页上印着日程安排[2],日期是一九〇六年九月十二日。下方写着:

    起床　上午 6:00

    哑铃训练和爬墙　6:15—6:30

    学习电力等知识　7:15—8:15

    工作　8:30—4:30

    棒球和体育锻炼　下午 4:30—5:00

    练习演讲、举止以及如何实现它　5:00—6:00

    学习必要的发明创造　7:00—9:00

---

[1] 由克拉伦斯·马尔福德于1910年发表的西部牛仔小说。
[2] 此处戏仿了美国政治家和物理学家本杰明·富兰克林(1706—1790)所著的《富兰克林自传》中的第二部分。在其书中,富兰克林也提及自己的"日程安排",规划了使自己进步的每一项任务和时间安排。

总体决定

不去沙夫特家里浪费时间（某个名字，难以辨认）
不再抽烟或嚼烟
每隔一天洗一次澡
每周读一本让人进步的书或报纸
每周存下五美元（划掉了）三美元
对父母更好些

"我偶然发现了这本书，"那位老人说道，"从它就能看出，不是吗？

"吉米注定会获得成功。他总是做出这样或那样的决定。你注意到他是如何增进自己的头脑了吗？他在这方面总是很棒。有一次，他说我吃东西的样子像头猪，我因此还揍了他一顿。"

他不愿意合上那本书，大声读出了每个条目，然后热切地看着我。我想他肯定期待我也把这个列表抄下来，留给自己使用。

快到三点钟时，从法拉盛过来的路德教会牧师到了，而我则开始不自觉地看向窗外，期待其他车子的到来。盖茨比的父亲亦是如此。随着时间的推移，佣人们走了进来，站在门厅中等待，他则开始焦急地眨着眼睛，担忧而犹豫地谈起了外头的雨。牧师瞥了自己的手表好几次，因此我将他带到一旁，请他再稍等半个小时。但这都是徒劳。无人来访。

大约五点钟时，我们三辆车的队伍到达了墓园，在绵绵的小雨中，停在了门口边——第一辆是灵车，极黑极湿。随后是一辆豪华轿车，盖茨先生、牧师和我坐在其中。稍后一些是盖茨比的旅行轿车，四五个佣人和西卵岛的邮差坐在里头。我们浑身都湿透了。当我们开始进入墓园的大门时，我听到一辆车停下来的声音，随后听到有人在后头湿软的地面上跑来，发出噼里啪啦的声音。我环顾四周，来人是那位戴着猫头鹰眼式眼镜的人，我曾在三个月前的一个晚上见他在图书室中大为赞叹盖茨比的藏书。

自从那之后，我就再没见过他。我不知道他如何得知葬礼的事，甚至不知道他的名字。雨水不住地从他厚厚的眼镜上流下，他把眼镜摘下擦拭，看见防护帆布从盖茨比的坟墓处展开。

那时，我试着回忆了盖茨比一会儿，但他已然远去，我只想起了黛茜还未传话过来，也没送过花，我心中已没有怨恨。我隐约听见有人小声低语说："落下的雨啊，保佑逝去的人吧。"随后那位戴着猫头鹰眼式眼镜的人无畏地说道："阿门。"

我们散乱地快步穿过落雨，走向汽车。在门口处，"猫头鹰眼"对我说。

"我没能到房子那边。"他说道。

"大家都没能去。"

"继续说！"他吓了一跳，"哎，我的老天爷啊！他们以前都是成百成百地去那边的。"

他再次摘下眼镜，把里外都擦了擦。

"这狗娘养的真是可怜。"他说道。

我最生动的记忆之一是在圣诞节时从预科学校以及后来从大学回到西部老家的场景。那些去往芝加哥以西地区的人在一个十二月的晚上六点钟聚集在古老昏暗的联合火车站，他们与少数几位已经沉浸在节日欢乐氛围中的芝加哥朋友匆忙地道别。我记得从这所女校或那所女校回家的女生们身上穿的皮草大衣，也记得冷若冰霜的呼吸气息中萦绕着的喋喋不休以及在看到旧识时挥舞在头顶的双手，还记得互相比较所收到的邀请："你要去奥德威家吗？或者荷西家吗？又或者舒尔茨家吗？"还有我们戴着手套的双手，里头紧紧地攥着长条绿色车票。此外，我还记得那列开往芝加哥、密尔沃基和圣保罗的火车有着暗黄色的车厢，停在大门旁的铁轨上，看起来和圣诞节一样喜庆。

当我们发车驶入冬夜，真正的雪，我们的雪，开始在我们两侧延伸开去，在窗户上闪烁着亮光。随着威斯康星州的小车站发出的微弱灯光从窗前掠过，空气中突然出现了一股锐利而狂野的冷意。我们吃完晚饭，在通过寒冷的车厢连接处时，大大地深吸了几口气，无法言喻地意识到了我们与这片土地之间的隶属关系。在这奇异的一个小时后，我们又与它融为一体，难以区分。

那是我的中西部——它并非麦田、大平原或已荒废了的瑞典移民小镇，而是我年轻时那一列又一列令人兴奋不已的回程列车，是那下霜的暗夜中矗立的街灯和传来的雪橇铃声，也是由明亮的窗户上挂着的冬青花环映在雪地上的影子。我是它的一部分，那些漫长的冬天让我感到些许冷峻，而在卡拉威府邸中成长的经历又让我感到些许满足。在那个城市中，住宅在很长的时间内依旧被冠以家族的名号。我现在明白了，这已是一个关于西部的故事，毕竟——汤姆和盖茨比、黛茜和乔丹以及我都是西部人。也许，我们都具有某种缺陷，使我们难以捉摸地无法融入东部的生活。

甚至在东部最令我兴奋时，甚至在我真切地感受到它优于俄亥俄州以西地区城镇中的乏味无趣、杂乱无序、浮肿膨胀以及对于除老幼之外所有人进行的无休止调查时——即便在那时，我还是觉得它带着一种扭曲的特性——我都无法融入东部的生活。特别是西卵岛，它依旧出现于我更加奇异的梦境中。我将它视作一幅艾尔·格列柯[①]画的夜景图：上百座既传统又古怪的房屋匍匐在一片阴沉的悬垂天空和一轮暗淡无光的月亮之下。在前景中，四个严肃的男人穿着晚礼服，沿着人行道走动，手上抬着一副担架，上头躺着一位身穿白色晚礼服的醉酒女士。她的手在一侧悬荡，珠宝闪烁着冷芒。那几个人严肃地转身进入一座房子中——错误的房子。但没人知道那位女士的名字，也没有在意她的名字。

在盖茨比逝去之后，东部在我心中就像这样不断缠绕着我，我双眼所具备的修正力量已无法应对它的扭曲。因此，当焚烧脆弱枯

[①] 艾尔·格列柯（1541—1614），16世纪西班牙画家。

叶产生的青烟升起在空气中时,当寒风将晾衣绳上的湿润衣物吹得硬邦邦时,我决定回家。

在我离开前,我还有一件事要做。这是一件令人尴尬而不快的事情,也许放任不管会是更好的选择。但我想要把事情处理得井然有序,也并不相信那片乐于助人又冷漠无情的海洋会冲走我留下的垃圾。我见到了乔丹·贝克,和她谈了发生在我们俩之间和周遭的事情,也谈了我后头的打算。她则一动不动地躺在一张大椅子中,听着我说话。

她穿着高尔夫球服,我记得当时的想法是,她看起来就像一幅上好的插画。她的下颏得意地微微扬起,头发呈现秋叶般的颜色,脸上和她膝盖上的无指手套一样,都显出棕色的色调。在我结束陈述后,她并没做出评论,而是告诉我她已经和另一个男人订婚了。我对此感到质疑,虽然有好几个人都是她一点头就可以嫁出去的对象,但我假装感到惊讶。有一瞬间,我在想自己是否正在犯错,然后又迅速地想了一遍,便起身告别。

"然而,是你甩了我,"乔丹突然说道,"你在电话中把我甩了。我现在才不关心你呢,但这对我而言,是个全新的体验,我有一刻感到自己头晕目眩。"

我们握了握手。

"呃,你记得,"她补充道,"我们曾经有过一次关于开车的对话吗?"

"嗯——不太记得了。"

"你说过,'一个糟糕的司机只会在遇见另一个糟糕的司机之前才会安全',说过吗?嗯,我就遇见了一个糟糕的司机,不是吗?我的意思是,犯了这样的错误是我的不小心。我以为你是个诚实、正直的人。我以为那是你藏于心底的骄傲。"

"我三十岁了,"我说道,"我要是年轻五岁的话,就还能欺骗自己,管它叫'荣誉'。"

她没有作答。我心中既有半份不悦,又有半份对她的爱,感到极其难过,便转过了身。

十月末的一个下午,我见到了汤姆·布坎南。他沿着第五大道走在我的前头,形态警惕而咄咄逼人。他的双手距离身体稍稍有些距离,仿佛是在抵御干扰,他的头快速地转向四处,配合着自己不耐烦的双眼。正当我慢下来,试图避免超过他时,他倒停下步子,开始冲着一家珠宝店的窗户皱起眉头。突然间,他看见了我,随后朝后走来,伸出了一只手。

"怎么回事啊,尼克?你讨厌和我握手吗?"

"是的。你知道我是怎么看待你的。"

"你疯了吧,尼克,"他迅速说道,"太疯狂了。我不知道你到底怎么了。"

"汤姆,"我问道,"你那天下午对威尔逊说了什么呢?"

他沉默地盯着我看,我便知道我对于威尔逊消失的那几个小时的猜测是对的。我开始转身,但他在我身后上前一步,抓住了我的手臂。

"我告诉了他真相,"他说道,"我们准备搬走时,他到了门口。当我传话说我们不在家时,他试图闯到我们楼上。要不是我告诉他谁是那辆车的车主,他疯得都足以把我给杀了。在我家的时候,他的手可无时无刻不放在口袋里的左轮手枪上啊——"他突然停下,表示抗议,"就算我说了又怎样?那个家伙是自作自受。他往你的眼睛里丢了尘土,就像他对黛茜做的那样,他还是个恶棍。他碾过梅朵,就像你碾过一条狗一样,甚至都没停车。"

我已无话可说,除了那个无法言喻的事实:这不是真相。

"还有,如果你觉得我没有分享这份痛苦——听我说,当我去退租那间公寓时,我看到了餐具柜上摆放着的那盒天杀的狗饼干,我坐下来哭得像个婴儿。老天为证,那太糟糕了。"

我无法原谅他或者喜欢他,但我明白他所做的事情对于他自己而言都是合理的。整件事都太草率和混乱了。他们都是草率的人,汤姆和黛茜——他们粉碎了生灵,然后便退缩到自己的金钱或巨大的草率之中,抑或任何可以使他们待在一起的东西里,让其他人清理他们留下的混乱局面……

我与他握了手。不握的话,看起来愚蠢,因为我突然感到自己仿佛是在和一个小孩子说话。随后,他便走入那家珠宝店,买了一条珍珠项链——抑或只是一对袖扣——永远地摆脱了我这个神经兮兮的乡巴佬。

我离开时,盖茨比的房子还空着——他家草坪上的草已经长得和我家的一样高了。村子里有一个出租车司机,每次载人经过他家入口时,都会停下一会儿,朝里头指指点点。也许,正是他在发生事故的那天晚上载着黛茜和盖茨比去了东卵岛。也许,那个故事是完全由他自己编造的。我不想听,便在下了火车后,躲避着他。

星期六的晚上,我都在纽约度过,因为他办的那些闪闪发光、眼花缭乱的聚会还活灵活现地萦绕着我,让我依旧能听到从他花园中传来的微弱而连绵不断的音乐声与欢笑声,还有车辆在他家车道上来来回回的声音。一天晚上,我确实听见了外面有一辆真实的汽车,看到它的车灯停在了他家前门的台阶上。但我没再深究。那也许只是一位最后到达的宾客,之前身处世界的某处尽头,并不知晓聚会已经结束。

在最后一夜,我已收拾好行李箱,车子也已经卖给了杂货商,我又走了过去,再看了眼这座房子,它的外形虽大,却不协调,设计谈不上成功。白色的台阶上有一个下流的词汇,是某个男孩用砖头乱涂乱画上去的,它在月光中显得非常清晰。我便将它擦去,鞋底在石面上摩擦,发出刺耳的声响。随后,我闲逛到了下方的沙滩,摊开手脚,躺在了沙地之上。

如今,多数大型的海滨场所都已关闭,海湾中也几乎没有光亮,除了一艘渡轮发出的微光,幽暗模糊,缓缓移动。随着月亮越升越高,那些无关紧要的屋子开始消融,直到我逐渐意识到这座古老的岛屿曾在荷兰水手的眼中如花绽放——新世界那清新而翠绿的胸膛。它那已经消失了的树林,那片已经用于修建盖茨比家房子的树林,曾经轻声低语，迎合着人类最终和最伟大的梦想。在那转瞬即逝、令人着魔的瞬间，人们必然在这片大陆面前屏住了呼吸，被迫进入他既不明白也不想要的美学冥想，在历史中，最后一次面对某种与他感知奇迹的能力相称的事物。

而当我坐在那里，沉思着那片古老而又未知的世界，我想起了盖茨比在第一次分辨出黛茜家码头顶端的那盏绿灯时心中感受到的惊讶。他长途跋涉，才到达这片青色的草坪，而他的梦想必然看似近在咫尺，几乎唾手可得。但他不知道那个梦想已然落于他的身后，位于城市那头某个广阔的朦胧晦暗之处。在那里，共和国的昏暗田野在夜色中连绵起伏，延伸向远方。

盖茨比信奉那盏绿灯，信奉那让人极度兴奋的未来，但在年复一年之后，它逐渐离我们远去。那时，它躲避着我们，但没有关系——我们明天可以跑得更快，我们的手臂可以伸得更长——而在一个晴朗的早晨……

因此，我们继续向前划着，但船儿逆着水流，不停地被冲回，冲回过去。

译后记

《了不起的盖茨比》是美国作家弗朗西斯·斯科特·菲茨杰拉德的代表作品之一。故事从小说人物尼克·卡拉威的叙事视角出发，讲述一个关于爱和背叛、浮华躁动与孤独幻灭的故事。在这个关于杰伊·盖茨比的故事开篇处，故事的叙述者尼克在春末夏初的时候，从中西部的老家搬到了东部的大都会纽约城，试图开始一段全新的生活。在这片让他感到兴奋和新奇的土地上，尼克看着"在阳光的照射中，树上的许多绿色新叶发芽成长，速度快得仿佛就像在电影里播放的快镜头一样"，这让他"有了一个熟悉的想法，确信生命随着夏天的来到，再一次重新开始"。在此，尼克对于夏天的感触点明了夏天带有的"重生"意味，一切过往似乎都可以在夏天迎来一个重新的开始。这不仅包括他的生活，也包括他的事业，乃至感情世界。

　　也许，这也是小说主人公盖茨比的想法，更是读者们的美好愿望和憧憬。多年前，年轻的盖茨比还未发家，但当他遇见黛茜后，一见钟情。奈何囊中羞涩，盖茨比无奈地放弃了这段感情，自此从黛茜的生活中消失。在通过贩卖私酒积累了巨大的财富后，他重回纽约城，通过频繁举办大型聚会，期待黛茜可以重燃爱意，倾心于他。但是，那一年的夏天显然不是一个可以为这段感情带来"重生"的夏天。出于阶级成见，黛茜最终还是选择留在自己的丈夫汤姆身边，没有接受盖茨比的爱，并最终间接地导致了主人公的悲剧结局。由此可见，那个夏天并没有为盖茨比带来他想要的"重生"。恰恰相反，它不仅使盖茨比的黄粱一梦最终梦醒幻灭，还使他的生命走到了尽头，让人唏嘘。

在整个故事的情节发展过程中，作者菲茨杰拉德无时无刻不在营造一种喧嚣躁动的氛围。从乡村开往城市的闷热列车，道路上的尘土飞扬都在刻意强调着这一点。即便是在夏风和煦、白沙细浪的长岛海湾沿岸，这股喧嚣和躁动也是有迹可循。在故事中的那个夏天，宾客们如夏日的飞萤一般，出入于盖茨比位于长岛海湾的庄园，穿行在花园、门廊和宴会厅之间，在香槟酒和音乐的助兴中，酣歌醉舞，寻欢作乐。在无数个夜晚，夏日的夜空见证了发生在盖茨比庄园内的纵情狂欢与嬉笑怒骂，目睹了其中的虚伪世故和空虚迷茫。在那个"喧嚣的二十年代"，人们竭尽一切，试图积累财富，跻身名流阶级。在那个"爵士乐时代"，人们在收获了资本的原始积累后，追求物质享受，声色犬马，迷失了自己的信念准则和道德本心，沉浸在欢快的"靡靡之音"之中。而正是在这样的背景中，"迷惘"的菲茨杰拉德把对"美国梦"已然幻灭的暗示点缀在了小说的夏日夜空之上。在故事中，如果我们将夏夜中闪烁的繁星明月比作美国文化传统中的道德观念和思想信仰，将盖茨比庄园中的宴会视作暗示着追求物质享受的消费享乐主义价值观的话，那么这两者在当时已然天地相隔，彻底分离。这种天地分隔的隐喻也暗示了作者对于当时美国社会的反思，特别是所谓"美国梦"所面临的困境和缺陷。而对于这一切的思考都被作者不动声色地载添进了叙述者尼克对那年夏天的回忆。

我是在二〇二〇年三月开始了这本书的翻译工作，并在同年十月完成了本书的翻译和校对工作。其间也正好经历了小说情节中记载的从春入夏，又由夏进秋的过程。在此期间，我也收到教育部的委派，从首都北京搬至了新疆石油城克拉玛依，从祖国的东部地区来到了西部边陲，开始了自己的援疆工作。在某种程度上，这种空间上的迁徙也与小说叙述者尼克的经历相似。就是在这样类似的大背景下，我完成了这本书的翻译。而在这段时日内，我想要感谢所有为这个翻译项目给予过帮助的朋友，特别是北京外国语大学的余丹妮老师和吴兆红老师以及我的家人。此外，我必须特别感谢本书的作者菲茨杰拉德，感谢他在这本小说中塑造了一位又一位了不起的文学人物——盖茨比、尼克、黛茜、汤姆、乔丹、梅朵、威尔逊、沃尔夫申姆等。菲茨杰拉德对于小说人物的细腻刻画，对于情感世界的细致描绘，对于修辞技巧的巧妙使用，对于文学传统与当下历史语境的融会贯通，不仅为我带来了无尽的阅读乐趣，也为我展示了一个异彩纷呈、前所未见的文学世界。

黄强

2021 年 10 月 10 日于新疆克拉玛依

© 民主与建设出版社，2024

图书在版编目（CIP）数据

了不起的盖茨比 /（美）F.S. 菲茨杰拉德著；黄强译. -- 北京：民主与建设出版社，2024.3
ISBN 978-7-5139-4282-9

Ⅰ.①了… Ⅱ.①F…②黄… Ⅲ.①长篇小说 - 美国 - 现代 Ⅳ.① I712.45

中国国家版本馆 CIP 数据核字（2023）第 145198 号

了不起的盖茨比
LIAOBUQI DE GAICIBI

著　　者	［美］F.S. 菲茨杰拉德
译　　者	黄　强
责任编辑	王　倩
策划编辑	周舰宇
封面设计	杨西霞
封面插图	鹿寻光
出版发行	民主与建设出版社有限责任公司
电　　话	（010）59417747　59419778
社　　址	北京市海淀区西三环中路 10 号望海楼 E 座 7 层
邮　　编	100142
印　　刷	玖龙（天津）印刷有限公司
版　　次	2024 年 3 月第 1 版
印　　次	2024 年 3 月第 1 次印刷
开　　本	880 毫米 ×1230 毫米　1/32
印　　张	7.25
字　　数	145 千字
书　　号	ISBN 978-7-5139-4282-9
定　　价	48.00 元

注：如有印、装质量问题，请与出版社联系。